白兔

伊坂幸太郎

ホワイトラビット

高詹燦———譯

「沒錯，真正困難的，是要如何留在這裡。」

「不，你錯了。」割風說。「是要如何離開這裡。」

尚萬強感到心臟的血液倒流。

「我要離開這裡！」

「沒錯，馬德廉先生。想要重新進來這裡，就得先離開這裡。」

——維克多．雨果《**悲慘世界**》

在發生白兔事件的一個月前，兔田孝則在東京都內停好車，仰望天空。「發生白兔事件的一個月前」這樣的說法或許有誤。因為這幕場景可說是白兔事件的一部分，當時事件就已揭開了序幕。不過話說回來，關於在仙台市那座獨棟房子內發生的挾持事件，沒人稱之為白兔事件，所以這種瑣事最好就別細究了。

總之，兔田孝則把廂型車停在昏暗的馬路旁，望向冬日的天空，想著自己的新婚妻子綿子。出門在外時，他常會想起綿子，想著要早點和她見面，想和她好好親熱一番，但這時他仰望夜空，碰巧看到獵戶座，就此想起綿子告訴他的神話故事。

歐里昂是位巨人，乃海神波塞頓之子。他因為擅長狩獵而得意忘形，女神看了覺得不是滋味，送來一隻蠍子。蠍子隱身爬行於地面，悄悄靠近歐里昂，以尾巴刺向歐里昂。任憑歐里昂再神勇，終究還是不敵劇毒，就此一命嗚呼。

「所以當天蠍座開始出現在夜空時，獵戶座就會逃也似地往下沉。不過，關於歐里昂的死，還有另一個說法。」綿子所說的這些入門水準的星座知識，兔田聽了深受感動。只看得到幾個小亮點的星座，背後竟然有這等故事，我的老婆果然與眾不同。

獵戶座是肉眼看得見的星座當中，最好辨識的一個。可以用人稱「三顆星」

的二等星為目標，找尋它上下發光的星星。也可說是在五角形底下連著一個梯形。有件事說出來，或許會奪走各位不少解謎的樂趣，不過，獵戶座與白兔事件有緊密的關聯，堪稱是這個故事的伏筆，這件事還是在此先跟各位說一聲比較好。

「不過，星座很難看得出來呢。就算刻意把幾個點連成線，說這樣看起來像蠍子，還是看不出來，根本就是硬掰。」

「別說這麼無趣的話嘛。」綿子語帶不悅地說道，所以兔田孝則用兩人獨處時專用的可愛用語「人家開個小玩笑嘛」加以化解。

「讓你久等了，不好意思。」豬田勝走了回來。他剛到路旁的電線桿後面小解。

兔田坐進駕駛座，發動引擎。

「你大可在裡面等就好了啊。」豬田一臉歉疚地說道。雖然他年紀較長，幾乎都可以用老先生來加以稱呼，但既沒責任感也沒自尊心，只要沒下達指示就不會做事，總是遵照兔田的吩咐行事。

「我在看星星。」

「星星是吧。」

他們所屬的集團，是年輕創業家經營的新創企業。因為都做綁架的勾當，所以稱不上是正派的公司，但他們就像大部分正派公司那樣，採業務分攤的做法。有能力而且個性冷酷的領導人、少數的幹部，以及各個現場的負責人，這就是他們的組成，兔田孝則他們說起來算是進貨負責人。將指定的人擄走，是他們扮演的角色。與豬田搭檔已有好長一段時間，但他們幾乎都不知道彼此的來歷和私生活。對豬田勝而言，兔田孝則雖然年輕，卻是個嚴厲又可怕的上司，應該萬萬也想不到他竟然會在家中對新婚妻子說出「人家開個小玩笑嘛」這樣的話來。

「對了，今天的『倉庫』是幾號？」

「記清楚好不好，你這個傻瓜。是二號。」

「對不起。」

「真受不了你。」

後方傳來聲響。豬田勝微微轉頭。「後面沒問題嗎？會不會沒綁好？」

「應該只是在滾動吧？剛才停車時，也感覺到一直滾個不停。」

將女子塞進車內，是三十分鐘前的事。在西麻布的小巷裡，女子吃完飯走出時，兔田孝則追上前搭訕，對方沒搭理，這也早在預料之內，而豬田勝則是趁這段時間先繞到前方用袋子從女子頭部罩下。他們把臉湊近，提出警告。兩年前，被迫第一次做這項工作時，光是要正確無誤地說出上頭規定要講的話，他便已竭盡全力，且說起話來語帶顫抖，結結巴巴，但現在則是遊刃有餘地說出：「第一項約定，當人質時禁止說話」；「第二項約定，當人質時禁止講手機」；「第三項約定，當人質時不可以做出給周遭人添麻煩的行為」。就像電影上映前說明注意事項一樣，甚至應該說，他其實是當自己在搞笑，以愉悅的心情如此說道。

這種像廣播般爽朗的說話口吻出奇地有效，人質聽了之後大多會恢復平靜。比起用恐懼來告訴對方此事，還不如像這樣不疾不徐地向對方曉以大義。那天的這名女子同樣也馬上安分許多，當然還是會微微抗拒，但在豬田勝扛起她送進廂型車後方，以及將她裝進搬運用的袋子前這段時間，她都沒大動作抵抗。雖然在拉起袋子拉鏈時，她才開始陷入恐慌，但兔田孝則向她說明：「吸得到空氣。第四項約定，我絕不會加害妳。別看我這樣，我可是這方面的專家呢。」女子就此平靜下來。

車子一度駛進小路，微微搖晃。可能是撞到了空罐，響起像狗叫的聲音。

「之前我在電視上看過，那好像叫Tibetan Mastiff。」

「是某種疾病的名稱嗎？」

「是狗名。也就是西藏獒犬。好像有錢人很流行飼養。聽說值數億圓身價呢。真不簡單，上億圓的狗。」

「上億？誰要買啊。」

「看來，你喜歡錢，更勝於狗呢。」

「看來，我們公司改走這個方向還比較省事。比起擄人，養狗可能還比較好賺吧。」

「好像不是這樣哦。」

「狗和人當然不一樣。」

「不，我說的是流行已經結束了。這也算是一種泡沫經濟吧。西藏獒犬好像人氣下滑，價格也跟著下跌，狗的數量變得過多。聽說要處理這些狗，教人傷透腦筋呢。」

兔田孝則腦中浮現倉庫裡被擺平的獒犬，像坐墊一樣層層堆疊的模樣。「原來如此，就這個層面來說，我們做這個生意比較聰明。」

「什麼意思？」

「想不想買狗，會隨著心情和行情而定。但不管什麼時候，家人都一樣重要。和流行無關，和行情無關，家人的價值都遠比這來得高。金錢換不了人命。但人和狗不一樣，人很穩定。而如此重要之物，連金錢都換不了，我們卻讓人可以用金錢來交換，真是良心事業啊。」

「是啊，說得對。確實可以這麼說。」

綁架有風險，用它來做生意很不划算。一般人都會這麼說。不，正確來說，沒人認為綁架可以當生意來經營，而事實上，也確實很不划算。所以他們所屬的組織特別花心思研究，好讓風險盡可能降至最低。不論哪種行業，會成功的往往都是那些會對困難思考對策、有創意的人，所以他們所屬的集團之所以能推展順利，或許也是理所當然的結果。

而他們又是如何降低風險呢？

舉例來說，贖金的金額都控制在對方出得起的範圍內。一點都不勉強。對金錢也不會太執著。如果對犯人來說，贖金的收授是最危險的一件事，那麼，沒收錢就不會有事。或許這也算不上是什麼反向思考，不過，它的做法如下。要歸還人質的代價，就是請對方做點什麼事。就結果來看，既然有利可圖，就算稍微繞點遠路也無妨，沒必要對金錢太過固執。如果是「能馬上拿到錢，但有危險」，和「雖然很久才能奏效，但很安全」，當然選擇後者！就是採取這樣的立場。

讓對方購買大量的股票。通過法案。違反法律。遵守法律。不接受手術。接受手術。引發事故。偷東西。捧紅某藝術家。讓某藝術家名譽掃地。

請對方做這類的事，來交換人質。

「警察當中，也有人都乖乖聽從集團的吩咐。」兔田也曾聽聞此事。可能是有人質在他們手上，或是欠他們恩情，有現職警察會提供他們情報。

「要不是有警察提供的可靠消息，我們就不知道該相信什麼才好了。站在犯罪者的立場來看，真是感激不盡。」

綁架的對象幾乎都是成人，而不是孩童。這並不是因為孩子是天使，而是因為成人比較容易乖乖聽話，能告知利害關係，加以說服。有條理地加以說明，關進窄小的房間裡，也會比較易於管理。

兔田駕車而行，車道的中央線浮現在車燈前方。夜晚的車道一路往前方無限的黑暗延伸而去。

「對了，關於會計的事，你聽說了嗎？」

「聊完狗的事，接著改聊會計是吧。」豬田勝說話向來很隨興，一會兒扯東，一會兒道西。「應該還在逃亡吧。反正最後一定會被抓回來，何必逃呢。」

負責管理集團內部資金的女子失去下落。

「好像已經抓回來了。」

「哦，是嗎？結果是怎樣？」兔田雖然開口問，但就算沒聽到回答，他也大致猜得出來。不可能只是對她吩咐一句「下次別這樣」，就沒事了。「話說回來，她為什麼要逃？那名會計也工作很多年了，比我們都還要資深不是嗎？難道是積怨已久？」

難道是性騷擾？他本想這麼說，不過，掌管這個集團的男子，包含他來歷在內的細部詳情，等之後他在故事中登場時會進一步說明，這名領導人以及其他幹部們，都是很重邏輯思考的類型，他們重視邏輯，更勝於個人的情感和欲望，所以兔田不認為他們會利用自己的地位，做出令那名女會計感到不舒服的事。

「好像單純只是因為男人的緣故。」豬田說。

「單純只是因為男人？」

「她好像是在男人花言巧語的哄騙下，動用公司裡的錢。喏，就是那個叫折尾的傢伙。那位當諮詢師的折尾折尾。」

「真的假的？」兔田腦中浮現那名和他有過數面之緣的折尾長相。圓臉、戴著眼鏡、頭頂毛髮稀疏、身材微胖。此人名叫折尾豐，不過集團裡的人大多不知道他的全名，也不知道是仿效那位偉大漫畫家的名字[1]，還是以迴文為樂，大家都管他叫折尾折尾。

「諮詢師是幹什麼的啊？」豬田勝像在朝遠方叫喚般說道。

「我哪知道啊。」

「像折尾折尾這種一臉開朗的模樣，油嘴滑舌的傢伙，我就是信不過。」豬田一面說，一面動作流暢地滑著手機，看起來與他的年紀不太相稱。從兔田這邊看不到，不過豬田正朝搜尋頁面輸入「諮詢師」三個字展開查詢。

他朗聲念道：「到這一步為止似乎可說是正確無誤，這是他們最擅長做的推論。」

「什麼鬼東西啊。」

「這上面寫的啊。上頭說，『到這一步為止似乎可說是正確無誤，這是諮詢師最擅長做的推論』。似乎可說是正確無誤，好模糊不明的說法啊。」

「你這麼說，那些正經的諮詢師會生氣哦。」

「好啦，或許也有很多正派的諮詢師。」

「總比毫無根據就下斷言的占卜師來得強吧。」

「這可難說。」豬田語帶懷疑地說道。「也有人認為，要是可以明確地斷言，反而還比較乾脆。像這種模糊不明的說法，給人感覺既奸詐，又不負責任。而

1. 在此暗指藤子不二雄，日文為ふじこ ふじお，fuziko fuzio。而折尾折尾為おりおりお，orio orio。

且那傢伙老是說些像占卜般的話。剛才說的那個叫什麼座來著？」

「獵戶座。」

「對對對，獵戶座。他老是說那件事。一定是因為他自己剛好也姓折尾的緣故[2]。」

「說到獵戶座就想到折尾，說到折尾就想到獵戶座。」兔田孝則也想起折尾之前在紙上畫出小點，得意洋洋地說著：「喏，重要的事物，可以用獵戶座的形狀來呈現。」

舉例來說，折尾會在正中央畫上三個點排成一列，說道：「我在此列出貴公司重要的三大理念。」當然了，看在兔田他們眼裡，只覺得這傢伙說什麼「貴公司」，是在耍我們是嗎？不過折尾接著說道：「將今後的兩個目標寫在上面，至於下面則是寫下兩個過去該反省的事。」模仿人稱沙漏形狀的獵戶座排列方式。「這張圖很重要哦。」

「那只是刻意畫成獵戶座的形狀罷了。不管什麼事都扯上獵戶座。」

「的確。」前面提到綿子所說的歐里昂和蠍子的故事，也是因為兔田在家中談到「有個叫折尾的男人，開口閉口說的都是獵戶座的事」，綿子才會說出那個故事，而當事人兔田倒是完全忘了此事。

「星座這種事，只是隨便把幾個點連在一起，所捏造出來的故事。就算刻意把幾個點連成線，說這樣看起來像蠍子，但還是看不出來，根本就是硬掰。」

「別說這麼無趣的話。」兔田無意識地說出之前綿子對他說的話。

「咦？」

「對了，那個折尾是怎麼回事？是他唆使會計那樣做嗎？」

「反正他一定是對會計說『妳是我的女神阿蒂蜜絲』，猛灌她迷湯。」

「這又是誰啊？」

「是歐里昂愛人的名字。」

「為什麼你會知道？不，應該說，你都這把年紀了，還說什麼女神，噁心死了。」

「這和年紀沒關係吧。」豬田略顯不悅。「而且阿蒂蜜絲的事，也是折尾折尾告訴我的。那個冒牌諮詢師只要一提到獵戶座的事，也不管對象是誰，就開始說個沒完。我看他根本就自詡是獵戶座界的第一人。」

「才沒有什麼獵戶座界呢。你說的阿蒂蜜絲是什麼來歷？」

2. 獵戶座英文為 Orion，而日文折尾的音為 orio。兩者的音相近。

阿蒂蜜絲的哥哥阿波羅為了不讓他們兩人結婚，執行了一項可怕的計畫。

「妳能用弓箭射中海上那塊岩石嗎？」阿波羅向妹妹煽動道。妹妹阿蒂蜜絲應道「當然可以」，就此放箭，但等在後頭的是個驚人的結果，那其實不是岩石，而是歐里昂的頭。騙人的一方固然不像話，被騙的一方也很離譜，希臘神話世界真可怕。

「怎麼會把愛人的後腦勺誤看成岩石呢。」兔田在聽過豬田的話後，皺起眉頭。

「就這個層面來說，那傢伙做的事也很雷同。讓人將頭部當作是岩石，憑藉他的三寸不爛之舌，自信滿滿地說出『到這一步為止似乎可說是正確無誤』這樣的話來。」

「那麼，會計被抓回了嗎？」

「是啊。不過事情好像還沒解決。」

「為什麼還沒解決？」既然抓到人，這件事應該就了結了才對。

「聽說會計將我們的錢轉往某個戶頭。」

「錢？」

「幾乎全部都被轉走了，好像目前資金仍是下落不明，應該是折尾折尾唆使的。」「還挺厲害的嘛。」「而且在得知此事時，會計已經……」「沒辦法說話了對吧。」

「大家心想，把那一大筆錢轉走，應該會留下痕跡才對，於是拚命地展開搜尋。」

「折尾折尾不是知道嗎？」

「所以現在正在追捕折尾折尾。」

「嗯。」兔田腦中浮現天蠍座一出現，獵戶座就躲得老遠的畫面。

「雖然很可笑，但這件事可不是和我們完全無關啊。」豬田雖然嘴巴上這樣說，但依舊顯得一派輕鬆。

「不，這和我們無關。我們的工作是進貨。公司經營和會計的事與我們無關。在底下跑腿的人，終究只負責跑腿。而那些是他們的工作。被可疑的諮詢師所騙的，是上面那群人。」

「根據我所聽聞的消息，近日內得把錢送交給合作對象才行。可是照目前的情況……」

「沒錢是吧。只能向對方說明情況，請他們諒解了。就說是那名會計把錢藏起來了。」

「對方要是肯聽我們說明苦衷就好了。」

「那就只能努力找出錢的所在地了，或者是找出折尾的藏身處。」

「真的和我們沒關係對吧。」

「總會有辦法吧？就是這麼回事。」

擋風玻璃前的暗夜市街，被車燈照出的亮光挖刨貫穿，車子在亮光挖出的坑洞中前進。

不久，變窄的道路通往林中，前方出現一座老舊的大樓。朦朧的車燈照向他們這天工作的終點。綿子會不會還沒睡，等著我回去呢？兔田孝則腳踩油門，滿心雀躍。

抵達大樓後，將帶回來的人質交給其他的負責人後，他們的工作就此結束，各自解散。

兔田孝則在下次的進貨指示下達前，一直都悠哉度日。

一早便在保齡球場玩球，與常碰面的保齡球同好閒話家常，或是看電影，要不就是在家網拍買賣舊衣，以此為樂。

在公司上班的綿子回家後，兩人會互相以可愛用語應答，以手指互相搔癢，然後上床溫存。

我真是幸福，兔田孝則應該有這樣的感覺。希望這樣的日子可以一直持續，應該會持續下去吧。雖然俗話說世事無常，盛者必衰，但我和綿子的幸福日子會一直延續下去，抱歉了，祇園精舍[3]，不好意思啊，沙羅雙樹[4]。兔田甚至會很想語帶俏皮地這樣說道，不過事實上兔田知道《平家物語》的可能性極低[5]，應該是不會這麼說才對。總之，他每天都過著快樂的生活。

加入綁架集團已經兩年，他甚至深切覺得自己找到了一份好工作。

但這種日子並不長久。

他那悠閒的日子，宛如春夜裡的一場夢，醒來後全是一場空。

這天，綿子一直到半夜都沒回家。婚後就不用說了，就連當初兩人交往時，也不曾有過這種情形。妻子的智慧型手機一直反覆傳來「您撥的電話未開機」的應答聲。該怎麼辦才好？兔田慌了，當他苦惱著是否該打電話報警時，時間就此流逝。

3. 釋迦牟尼佛當年傳法的一處重要場所。
4. 佛教的聖樹之一。
5. 《平家物語》開頭有一段描述平家落魄的文字：「祇園精舍鐘聲響，訴說世事本無常；沙羅雙樹花失色，盛者必衰若滄桑。」

可怕的想像陸續浮現腦中，但他只是一直六神無主地待在家中。

那天深夜十二點即將到來時，手機傳來鈴響。當他按下通話鈕時，已猜出發生了何事。

這兩年來，他朝天空吐出的唾沫，化為巨大的一灘口水，落向他自己頭頂。

「我綁架了你妻子。」

兔田望著自己在漆黑的電視螢幕上所映照出的面容，一臉茫然。

發生在仙台的那起挾持事件，沒人稱之為白兔事件的那起事件，開頭發生的一件大事，應該就是一名持搶男子闖進一座獨棟房子內。正值太陽下山，一天即將進入尾聲的時刻。說到那戶人家的長男勇介有何感想，應該是深切地感嘆：「沒想到媽媽竟然這麼強悍！」雖然媽媽的體型遠比二十多歲的我還來得瘦弱，但她卻拚了命想保護我。

儘管那名一身黑衣、頭戴帽子的男子手裡握著手槍，但母親為了保護勇介，以肉身當盾牌，高聲喝斥道：「你這是幹什麼！竟然擅自闖進別人家中，快出去！

不要傷害我兒子勇介。」她或許搞不清楚發生何事，腦中一片混亂，但她奮不顧身，想保護自己兒子的姿態令人動容。雖說事件才剛揭開序幕，但這算是白兔事件少數賺人熱淚的場面之一。

聽好了，給我安靜一點！黑衣男向母親威脅道。「聽好了，給我坐下」、「聽好了，給我閉嘴」、「聽好了，安分一點。」男子接連發出「聽好了」的吆喝聲和命令，加以恫嚇，以此代替開槍（雖然他不會真的開槍）。

勇介的母親也不知是不是沒聽見，仍持續大喊：「為什麼，這是為什麼？」

你突然闖進來，是為什麼？

為什麼會發生這種事！

勇介也是同樣的心情。

我自認一直都很一板一眼地過日子，沒給任何人添麻煩，明明都過得很低調，刻意不引人注意，卻還是老吃虧。這是為什麼？我們到底做錯了什麼？

「媽，這樣不太好。妳先冷靜下來。」勇介向她喚道。

說這句話的勇介，腦中也是一片混亂，不清楚到底是怎麼回事。

就在前不久，這名男子按下對講機按鈕。當時勇介並非正忙著和母親交談，但他沒理會鈴響。他心想，只要假裝沒人在家，來訪者也會自行離去，但大門忘了鎖實在是一大失策。來訪者自行開門走進。

男子靜靜走進屋內，躡手躡腳地行動，那時候他也不想把事情鬧大，但偏偏被剛好從二樓走下樓梯的勇介母親發現，她放聲尖叫，事情也只能鬧大了。

「屋裡除了你們之外，還有別人嗎？」男子掏出手槍，向勇介和他母親逼問。「有沒有其他家人？有沒有父親？」

勇介搖了搖頭。從他的詢問中得知，此人連他家中有哪些成員都不清楚。不是事前做過周詳調查的計畫性犯罪。

「現在只有我們兩人。」母親語帶激動地回答。

「你父親是出門工作嗎？」

勇介一時間無法回答。因為他在思考，是否該稱呼那個男人為父親。這樣說的話，各位應該能想像勇介的父親是個怎樣的人吧。外表看起來是個中規中矩的上班族，一位溫柔敦厚的父親，這是他給人的印象，但他在家中完全是另一張嘴臉。對妻兒惡言相向，拳打腳踢。勇介看待自己的父親，向來都當是在看「一個男性荷爾蒙的聚合體」。因為他充滿攻擊性、對競爭和地位很敏感、總喜歡做出具有支配性的舉止，而且理所當然的，他在外面有別的女人。

他不想承認那個人是自己的父親。

就在這一問一答時，男子從背包裡取出膠帶，先纏住勇介，接著纏向他母親的手。他們當然不可能乖乖束手就擒。尤其是母親，當她兒子被束縛時，她就像野獸使出衝撞般，準備飛撲而來。

而最後讓她安靜下來的，是比向勇介的槍口。也就是說，這名男子很懂得威脅人，他很清楚，要讓這位母親乖乖就範，比起對付她本人，加害她兒子反而更有效。

兩人被奪走行動自由，背靠著客廳牆壁而坐。

「我到屋內查看一下。」以膠帶纏住勇介他們的雙腳後，男子如此說道。

這時，勇介的母親比剛才更大聲地喊道：「請你不要隨便進入別人家中。真的沒別人了，請你相信。真的只有我和勇介兩個人！」

但很遺憾，男子不相信她的話。他有他的根據，所以才沒聽信勇介他母親說的話。他憑藉的不是直覺，而是GPS的定位資訊，所以有相當的準確度，但他不打算向他們說明。

「現在這屋子裡只有我們三人。」

「如果是這樣的話，我檢查一下應該沒問題吧。」男子板起臉孔。「畢竟，我也不希望你躲在某處的父親向我展開反擊啊。」

勇介聞言大為吃驚。

男子確認過勇介他們的手腳都被牢牢束縛後，取出手機問道：「你們認識這個人嗎？」手機上顯示的是一名男子的照片。應該是從遠處放大鏡頭拍攝。男子沒注意到有人在拍他，臉轉向一旁。

「這個人怎樣嗎？」勇介問。

「他應該在這個屋子裡吧。」

「在這個屋子裡？」母親為之瞠目，她朝勇介望了一眼後問道：「為什麼？」不清楚她這句話的意思是要問：「為什麼這個人會在我家？」還是要問：「為什麼你會這麼認為？」

「為什麼這個男人一定會在我家？」勇介發出連自己也沒想到的超大音量。

這時天花板發出一陣嘎吱聲。與其說是屋子自然發出的擠壓聲，不如說像是有人在走動，然後急忙停住，也就是說，明顯感覺得出另有他人。

這對母子反射性地望向天花板，男子馬上朝樓梯上衝去。

勇介和母親互望一眼。

他們想趁這個機會解開束縛，一會兒以屁股頂著地面，膝蓋彎曲的姿勢繞到對方身後，一會兒讓自己的手腕朝向對方，一會兒想咬斷膠帶，不斷改變姿勢，嘗試各種錯誤。

但都沒能成功。

不久，男子返回，時間到了，這對母子就像做了什麼不規矩的遊戲穿幫了似的，迅速離開彼此，假裝很安分。

傳來男子一面走下樓梯、一面說話的聲音。「喂，你，跟我一起過來。你父親果然藏身在這裡。你們還跟我裝蒜。」

這時，持槍男子腦中浮現的，是以前看過的幾部電影。被壞人占領的大樓和船隻裡，本領高強的主角單槍匹馬，小心翼翼地不被敵人發現，展開反擊。這位父親該不會也打算這麼做吧？好險沒讓他得逞。

「你想趁我不備展開奇襲對吧，真是遺憾啊。」男子走到客廳後說道。

「喏，快向你的家人道歉，說你的作戰失敗了。」

「勇介，我很抱歉。我原本想再躲藏一會的，但他拿槍指著我，我實在無技可施。」

「做父親的可真是了不起啊。為了家人，挺拚命的嘛。」

「別開槍、別開槍。還有，別傷害我的家人。」

「喂，應該沒別人了吧。」

勇介和母親點了點頭。

「一定會有辦法的。我也很害怕，但一定不會有事。像這種時候，我們一家人得一起克服難關才行。」

父親平時總是對家人頤指氣使，擺出像在對僕人下命令般的態度，但此時感覺判若兩人，勇介大感困惑。

而就在納悶不解時，勇介他們的嘴巴被貼上膠帶，底下半張臉全被膠帶遮住。

白兔事件就這樣慢慢展開。

挾持人質的事件，與警方交涉是不可或缺的，所以我也想早點針對前往現場的警方搜查員，以及特殊搜查班的隊員們做一番描述，但為了讓各位對這起事件有更深的了解，我決定稍微回溯一下時間。

在仙台市的另一處場所，仙台車站東門出口的平價餐廳裡，有三名男子在此會面。

「總結來說……」

「黑澤，別做歸納。」
「別做歸納？」
「你動不動就想歸納要點。我很努力地想把事情的始末說個清楚，但你打算用一句話就說明一切對吧。這樣無法傳達我的意思。」中村說。「對吧，今村。」
「不過這也算是他的優點。」
優點在哪裡？要是他問我這麼一句，那可就傷腦筋了，今村如此暗忖。因為他也沒細想，就只是從腦中的附和詞彙中迅速找到這句話，便脫口而出，幸好中村沒進一步挑毛病。
「不過，你想說的話，總結就是……」
「黑澤。」
「我知道，我不會說出總結。不過，如果只是要叫我趁某位詐欺犯出國的空檔，潛入他家中辦事的話，就算加上對他住處地點的說明，也花不了三分鐘。可是你來到這家店後，已經講了多久？十分鐘耶。」
中村和今村兩人在三十分鐘前，前往仙台車站東門出口的一處釣魚池。「有件事想跟你談。」他們朝正在釣鯉魚的黑澤喚道。黑澤猛力甩動釣竿，釣線重重打向天花板，接著朝他們兩人說道：「我釣完魚就去，你們先到隔壁那家店等我。」

所以中村和今村兩人按照他的指示，在這家平價餐廳等了十五分鐘。

黑澤與他們兩人面對面坐下後，嘆了口氣：「你們兩人感情可真好。」以闖空門為業的中村和年輕的今村，向來都一起行動。今村稱中村為「老大」，但兩人的情誼既不像師徒，也不像父子，而說到這兩人是否會互相填補彼此的缺點呢？似乎又不會。在樂觀純真這方面，他們都有同樣的缺點，別說填補破洞了，感覺這洞只會愈破愈大。

「黑澤，你聽好了，那名詐欺犯不是個好東西。他專挑老年人下手，奪走他們所剩不多的存款，然後自己全部拿去投資。」

「如果是那些老人自己財迷心竅，那不是自作自受嗎？」

「當然，有些情況確實是貪婪的老先生自己上當，但是他看準老年人的寂寞和不安，而騙取他們的錢財，這種行為實在教人看不下去。」

「我看你不是同情那些被騙的老人，單純只是看那名犯人不順眼罷了。」

「沒錯。陷害弱者，然後心裡想著『如何，我很厲害吧』，這種傢伙我最討厭了。」

「我也是。」今村也說。「他這樣到底算什麼？」

「你指的是什麼？」黑澤以不帶情感的聲音反問。

「看到這種犯人，你不會覺得生氣嗎？不過，我自己沒吃過他的虧，如果是我媽被他騙了，那倒還有話說，但偏偏又不是。不過，這一點關係都沒有吧。看到某個霸凌人的孩子，心裡會發火。就算和我沒關係，還是覺得不可饒恕，為什麼有這樣的心情呢？」

「因為我們人是集體生活的生物。」黑澤說。「對於遵守規則這件事特別敏感。規則奪走我們的自由，不過規則也守護著秩序和團體。雖然很想打破規則，但還是別這麼做比較好，我從以前就受過這樣的教導。」

「是誰教你的？」

「應該是那個告訴候鳥什麼時節該遷移的人吧。」黑澤覺得，如果回答說是本能，略嫌誇大，於是改採這個說法。

「這人是誰啊？」

「總結來說，」黑澤朝中村瞄了一眼。「我們不能饒恕打破規矩的人。難得我們都耐住性子遵守規則，但為什麼就只有你耐不住性子？就是這樣才會亂了秩序。不論是破壞影響層面小的規矩，還是違反一些枝微末節的規矩，看了都一樣教人生氣。而且，要是對方一點都不會內疚心虛，那就更不能饒恕。這有可能會讓整個集團陷入危機。所以不管自己是不是受害者，都一樣覺得不舒服。」

「這也是告訴候鳥什麼時節該遷移的人說的嗎？」
「沒錯，就是這麼回事。」
「啊，對了，前不久我終於看完了。」今村說。
「看完什麼？」
「《悲慘世界》啊。因為之前老大推薦我看。」
「不過我只看過電影呢。這故事很長吧？」
「是啊。」今村鏗鏘有力地說道，幾乎都快揮舞起手臂了。「它一共有好幾本呢。足足花了我五年的時間。」
「這麼久？」中村雙目圓睜。
「因為故事途中穿插了一些歷史事件和語言相關的事，另外多繞了些路。不過這樣也滿有趣的。」
「推薦你看這套書，感覺有點過意不去呢。」
「可是真的很有趣。」
「它確實很有趣。」
「黑澤先生，你也看過是嗎？」
「因為那也算是小偷的故事。」

「小偷的故事？沒錯，尚先生確實偷過麵包。」今村很理所當然地稱呼尚萬強為尚先生。「不是有個像是尚先生死對頭的人物嗎？」

「賈維警探。」

「對對對，賈維先生。他給人的感覺也不太好，不過他並不是壞人。他只是遵守法律，想逮捕罪犯而已。」

「明白自己做錯時，還會規規矩矩地道歉。」

「啊，黑澤先生，你之前看的時候也是這樣嗎？」

「這和我沒關係，因為是同一個故事。」

「那部小說到處都給人奇怪的感覺。作者不時會毫無顧忌地冒出『這是作者的特權，讓我們回到前面的話題吧』，或是『為了很後面才會出現的劇情，我得在此先做個預告』這類的文字。」

這是很早以前就有的手法——黑澤本想要這麼說，但《悲慘世界》原本就是年代久遠的小說，而且也沒必要刻意提這件事，於是便就此做罷。

「比較令我吃驚的是那件事。在小說結尾處，不是有人在演說嗎？他說十九世紀是很偉大沒錯，但二十世紀應該會變得更幸福。像以前歷史上出現過的征服、侵略、飢餓、掠奪，在二十世紀將會全部消失。看了真教人沮喪。這些問題現在還是有啊。」

「因為人是不會變的，只會同樣的事一再反覆。」

「真的是這樣呢。」

「黑澤，回到原來的話題吧。我之所以一直拐彎抹角地說個沒完，只是想讓你知道，那名詐欺犯有多麼教人看不慣。要是不跟你傳達清楚，你潛入他家中行竊也會提不起幹勁吧。把背景說明清楚是很重要的。」

「我的幹勁不會因為這種事而有所不同，不管什麼時候都一樣。我要從他家偷走什麼？」

「只要把金庫裡的東西全部拿來就行了。」

「裡頭有些什麼？」

「家中有金庫是可以確定的。」

「裡頭裝了什麼？」

「應該有好東西吧。」

「應該有？」

「裡頭有名冊，所以絕對不會有錯。被他當作肥羊的被害人名冊，就放在金庫裡。」

「名冊能換錢嗎？」

「不行。」

「我可以回去釣鯉魚嗎？」

「黑澤先生，事情是這樣的。有位受害的老太太說，要是那本名冊繼續留在世上，恐怕又會成為恐嚇他們的把柄，她擔心得睡不好覺。我看她可憐，所以想替她搶走名冊。」今村插話道。

「那名詐欺犯是出外長期旅行嗎？」

「相當長期。類似展開太空之旅。」

「意思是他死了嗎？」黑澤迅速察覺此事，如此應道。

「和某人起了衝突。」

「和誰？」

「打倒草食性動物的肉食性動物，也會為了爭奪地盤而大打出手。不論哪個業界，都存在著嫉妒和憎恨。」

「肉食性動物被其他肉食性動物做掉是吧。」

「沒錯，被從事同樣勾當的其他人做掉，不過還沒發現他的屍體，但肯定已陳屍某處。」

某個詐欺犯命喪其他同業之手。是誰做的？又是以何種手法？或許有人很在意此事，但在這個故事中，這部分的詳情並不重要。當然了，要給個合理的說明倒也不是什麼難事，但我決定略去不表。一名詐欺犯死於非命，但這起事件還沒被發現，拜此之賜，要潛入他家中行竊就方便多了，各位只要明白此事就行。

「詐欺犯死了，他家裡還是維持原樣，可以輕鬆潛入。」

「如果他已經死了，那位老太太應該也不必太擔心吧，所以沒必要刻意搶回名冊。」

「『那傢伙已經死了，所以大可放心。』黑澤，你好意思對老太太這麼說嗎？而且我也很排斥跟上了年紀的人談到死亡的事。」

「就說對方展開太空之旅不就行了嗎？」

「最簡單的辦法，就是把名冊拿回來，跟她說：『妳看，在這兒哦，我把它燒了，這樣妳就可以放心了。』對吧？而且這種人家中的金庫，絕對會有其他值錢的東西。」

「絕對不要隨便說『絕對』這兩個字。」

「這就是我請你潛入對方家中打開金庫的原因。」中村說完後，右手往前探出，做出一個「停」的標幟。「黑澤，我知道你想說什麼。你要說，為什麼我非得照做不可，對吧？」

「為什麼我非得照做不可？」

「有兩個理由，一是我不擅長開金庫，那種精細的工作我做不來。」

「勸你最好改行。這樣對你絕對比較好。」

「另一個理由，我希望你能教這小子學習你的工作方式。不，就算你不教他也可以。我希望你能讓他觀摩。」中村向今村使了個眼色。

「我深感榮幸。」今村馬上應道。

「我都還沒同意呢。」

「我深感榮幸。」

數天後，終於要潛入那名詐欺犯家中了，但黑澤對今村說的第一句話卻是：

「委託人竟然還比較晚到，這是在演哪齣啊。」之前明明說好要在目的地的家門前碰頭。

「我提早到了，可是……」今村不顯一絲羞愧地應道。「我搞錯住家了。」

絕不能搞錯目的地。得先從這點教起是嗎，黑澤很想嘆氣。

他按下對講機。這並不是懷疑沒人在家的資訊真偽。不過，要是本以為沒人在但家中卻有人的話，那可就麻煩了，所以不管何時都會先確認有沒有人應答，這是黑澤的習慣。

種在大門旁的枝垂梅綻放出白色花朵。它的花瓣和雌蕊低垂，就像對黑澤他們潛入的事刻意裝沒看見，別過臉去。請趁我們沒看到的時候動手吧。

外頭光線昏暗，街上已開始亮起路燈。

黑澤身穿瓦斯公司的制服，跟在他身後的今村也是同樣裝扮。穿上容易辨別職業的制服，正大光明地行動，這樣反而不會引人懷疑，造成他人的不安。或許有人會覺得，瓦斯公司的員工會在晚上前來拜訪嗎，這樣反而會讓人起疑吧？不過，制服還是會讓人感到放心。有時也會有晚上前來檢查瓦斯的情況，人們會自行做這樣的解釋。

「可能是受黑澤先生的影響，我家老大也備齊了各種制服。像消防員或加油站員工的制服，還有安全帽。」

「可別買女高中生制服啊。」

「我家老大沒那麼誇張啦。」

「是老大，還是老頭？」
「不是老頭，是老大。」
黑澤朝玄關的大門前蹲下身，望向鑰匙孔。有一段時間他就像是隔著大門與屋內的人對話一般，當然了，他其實只是在觀察鑰匙孔的形狀，他拿出器具，插入鑰匙孔中。
今村急忙從後面靠近，因為中村吩咐過他：「聽好了，你要偷學黑澤的技術。技術不是靠別人教，而是自己偷學得來。」他仔細地窺望。
黑澤很快便站起身。
「安可！」
「什麼？」
「我沒看到，請再做一次。」
黑澤沒理會他，逕自走入家中。今村也閃身進入門內。「黑澤先生，剛才那個可以再示範一次嗎？」
「別在意。」黑澤脫下鞋子。雖說是鞋子，卻是很薄的橡膠材質，就只是套在腳上，脫下後可以對折直接插向屁股後方口袋。「我沒施展什麼高難度的技巧，因為最近器具很發達，只要插進這個東西，大多都能打開。」

「哦。」

「用什麼方法都行，不需太過執著。只要能迅速俐落，在不傷害屋主的情況下辦完事，這樣就行了。」

「如果是這方面的話，這間屋子就不用擔心了。」

「不用擔心？」

「因為屋主已不在人世。」

黑澤沒理會樓梯，直接走進一樓的客廳。不知何時，他手中已握著手電筒，照向室內。

「打開家中的電燈會惹來麻煩對吧。」

「要是平時都一片漆黑，唯獨今天亮燈的話，可能會引來鄰居的懷疑。」

客廳相當氣派，就像是家具店裡當範例展示的家具直接運來家中一樣，整套齊備。有大型電視和餐桌，還有一整排漂亮的碗櫃。感覺不出有人在此居住的氣息，這樣更像是家具店的家具展示間。

黑澤默默地環視屋內。他打開門細看後，就只是朝衣櫃望了一眼，便直接從旁路過。

「你是如何找出金庫的所在地？」

「憑直覺。」黑澤冷淡地回應。「或許不在一樓。我們上樓吧。」

「你在找什麼？」

「當然是金庫啊。」

「真的有金庫嗎？」

黑澤聞言停下腳步，轉頭朝今村打量。你是說真的嗎——他本想出言詢問，但接著心想，今村肯定是說真的，索性懶得詢問。

來到二樓的黑澤，以手電筒照向走廊。「沒想到這間房子這麼大。」

「幾年前，這裡還住了個人，好像是他家人。」

好像是他家人，到底是不是一家人？「現在不在了嗎？」

「有人說是逃走了，有人說是在某處遭遇悲慘的下場，也有人說那是他的詐欺犯同夥。」

「怎麼全是聽說。」

「黑澤先生，所有事都是聽來的。」

「這句話什麼意思？」

「之前老大也說過。老覺得自己是對的，這樣的人不可信賴。『明明只要照我說的去做，就不會有錯啊！』心裡這麼想的人，會為了達到目的而不擇手段。就這個層面來看，把『我是對的』，想成是『也有這樣的說法』這樣才對。有人說那個人是對的，也有人說那個人是錯的。啊，不過有人說『世上存著在各種說法』，也有人說『這世上根本就沒有任何說法的存在』，有點複雜呢。黑澤先生，到底是怎樣才對啊？」

黑澤已離開今村身邊，開始對二樓的房間展開探尋。二樓的景致比一樓還要單調，有些房間甚至連窗簾也沒有。

在一間六張榻榻米大，鋪有木地板的房間裡，金庫就放在當中的衣櫃裡。它就像是來不及逃離，屈身抱膝躲在這裡似的。

黑澤以手電筒照向金庫，伸手碰觸。他打開腰包，從中取出一個像聽診器的器具。

「接下來要施展黑澤先生的開金庫絕技對吧。」

「沒那麼誇張。」

「請不要留一手哦。」

「這根本就沒什麼。只要慢慢轉動轉盤，就會聽到鎖芯掉落的聲響。」

「啊，你沒戴手套，這樣沒關係嗎？會留下指紋吧？」

「你之前應該也抹過吧。」黑澤將手指伸向今村面前。他指尖抹有像是專用黏著劑的東西，好讓自己不會留下指紋。這是他闖空門時的必備品之一。

黑澤慢慢轉動轉盤。今村不知何時已站在一旁，睜大眼睛，目不稍瞬，臉貼得很近。

「你的呼吸聲好吵。」黑澤冷冷地說道。

「金庫會聽到呼吸聲嗎？」

黑澤默默地進行作業，已花了將近十分鐘的時間，不過這款金庫算是舊式的常見類型，他最後還是順利地解鎖成功。就像是一名搜查員，面對一名躲在牢不可破的要塞裡，死守不出的犯人，發揮死纏爛打的說服功力，最後終於讓對方投降。或許用這樣的比喻也不錯，但因為在這起白兔事件中，之後會有專門處理人質挾持事件的特殊搜查班登場，在此還是謹言慎行一點比較好。

今村對黑澤的技術大為讚嘆，擺出央求的動作，一再喊著「安可、安可」。

黑澤當然是左耳進，右耳出。

金庫裡頭放著像是存摺和印鑑的東西、一疊紙，以及ＵＳＢ隨身碟。戶頭的名義人不只一個，詐欺犯都會以多個不同的名字行騙，這點不難想像。裡頭沒有現金。黑澤一面取出裡頭的東西，一面以手電筒照向裡頭，逐一確認。「這就是你們說的名冊嗎？也許ＵＳＢ裡頭存有資料吧。」

「這麼一來，老太太就能放心了。」

「這我是不知道啦。不過，只要你一臉開心地跟她說『妳可以放心了』，她或許就真的會放心。」

「就算沒有名冊也一樣嗎？」

「你有這樣的說服力。」

黑澤站起身，來到窗邊。他並非在意外頭的情況。他隱身在窗戶旁，銳利的目光移向蕾絲窗簾的外頭，窺望在路燈的照耀下顯得柔亮的鄰近住家。

「像這樣子細看，顯得很安靜，但其實並非全部都安靜無聲吧。」

「不然每戶人家裡頭是怎樣的情況？」

「有的在用餐，有的是父子爭吵，有的是光著身子緊緊相擁。」

「也有人在睡覺吧。」

也是啦。今村望著夜空說道「這顏色真像是用黑墨塗成的」，過沒多久，他補上一句：「啊，是獵戶座呢。」

黑澤朝他投以詫異的目光。「怎麼啦？」

「沒什麼，你看，那裡不是看得到三顆並排的星星嗎？」

「這我知道。我要問的是，你為什麼說得一副很感慨的樣子。」

「因為今天我才剛聽說關於獵戶座的故事。」

「獵戶座的故事……」

「是的。」

之前在仙台車站內的咖啡廳裡，一名沒見過的男子主動向今村搭話。是名戴著眼鏡，身材微胖的男子。

「沒見過的男子。」

「當時我閒來無事，所以在紙上畫三角形。」

「三角形。」

「黑澤先生，你遇到在意的單字，就會把它念出來，感覺就像是專門做這種工作似的。」

「這也是我的副業之一。」

「啊，是嗎？」今村信以為真，繼續往下說。「總之，我身旁的男子可能是以為我在紙上畫星座，因而主動向我搭話。」

「膽子可真大。」

「怕的人是我好不好。他滔滔不絕地說個沒完，我還以為是要推銷呢，例如獵戶座的海報之類的。」

「那什麼啊。」

「結果他只是跟我聊天而已。託他的福，我對獵戶座有了詳細的了解。」

「例如呢？」

「那三顆星的左上方，不是有顆很亮的星嗎？」

「Betelgeuse（參宿四）是嗎？」黑澤說。「意思是巨人的腋窩對吧。」

「什麼嘛，原來你知道啊。」今村有點失望。「這顆Betelgeuse，直徑有十四億公里長，足足是太陽的一千倍大，距離地球六百四十光年。」

「看不出來。」

「我也是。不過，聽說它不管什麼時候爆炸都不稀奇。」

「好像是吧。」

「咦，你知道？」

「之前在電視上看過。現在我們所看到的……」黑澤指向獵戶座在天空上的位置。「是六百四十年前發出的光，就像昔日的殘影。所以它也許已經爆炸了。」

「說得也是。」

這時候如果模仿《悲慘世界》裡的文章寫法，應該會來上一句：「各位讀者應該已經看出，今村所說的對象，正是折尾折尾！」

那名男子就是擔任綁架集團的諮詢師，因唆使擔任會計的女子侵吞公款，而遭追捕的折尾，大家都叫他折尾折尾。他會遇上今村純屬偶然。那麼，為什麼折尾折尾會主動跟陌生的今村搭話呢？那是因為在他身旁畫幾何圖形的今村行徑可疑，折尾折尾懷疑他「該不會是來追我的人吧」，因而想探探他的底細。

「黑澤先生，Betelgeuse要是爆炸的話，可是很驚人的。」

「哪裡驚人？」

「它爆炸的亮度，會使地球大約有為期三個月，或是三十天的時間，感覺像天空出現兩顆太陽一樣。」

「滿滿的太陽。」

「不，只有兩顆。因為亮度似乎是滿月的一百倍。你不覺得很驚人嗎？而且它也可能已經爆炸了。如果是在六百年前爆炸，再過四十年，地球上就看得到了，而要是它在六百四十年前爆炸，我們或許明年就看得到。」

「那位沒見過的男子跟你說這件事？」

「聊得可熱絡呢。」

「這可真有意思。」

「就是說啊。」

「已經發生的事，如果沒錯開時間，就看不出來。」

「哦。」見黑澤和自己抱持不同的觀點，對不同的事感興趣，這令今村感到困惑不解，但其實黑澤這番話透露了這個故事本身的結構，只不過這和他自己本身的想法無關。

「對了，黑澤先生，那張紙要放哪兒？」

「那張紙？」

「就是闖空門後，在屋裡留下的字條啊。用來避免讓人感到不安。」

「哦，那個啊。」

遭闖空門的一方，不只被奪走錢財，應該還會感到些許不安才對。為什麼我家會成為別人下手的目標？我該不會得罪了誰吧？難道說，站在防盜的觀點，我家帶有容易遭竊的要素？會不會再次被闖空門？除了現金外，存款、印鑑，或是信用卡，會不會也被搶走？

換言之，比起遭竊，被害人更會為了它伴隨而來的恐懼和不安所煩惱。

所以黑澤在闖空門時，都會留下一張紙條，上面不僅提到自己從哪裡偷了多少錢，還會附上但書，說明這並不是因為懷恨而犯案、不是因為對方犯了什麼疏失，並聲明不會連闖兩次空門。

「那是基於罪惡感，還是出於一顆體貼對方的心呢？」

「真懂得體貼的人，是不會闖空門的。」

「可是，尚先生雖然犯過罪，但他說起來算是好人吧。」

黑澤認為，為了飢餓的姪兒而偷麵包的尚萬強，和單純只是闖空門的他，根本無法比較。

今村天生個性大而化之，他嘴裡咕噥著：「那麼，紙該放哪兒好呢？」開始朝自己口袋裡掏找。

「今天不需要。這裡不是沒人住嗎？應該沒人會感到困擾才對。」

看來，他說的話沒傳進今村耳裡，只見今村摸著衣服喃喃自語著「這就怪了」，他那認真的模樣，令黑澤感到有些不安。

「怎麼了嗎？」「啊，原來是這樣。」「喂，到底是怎麼了？」「啊，不，沒事。」

怎麼看都不像沒事，所以黑澤加以逼問，今村這才聳了聳肩應道：「我請中村老大影印你那份但書。我在想，如果要請你教我工作方法，也要確實做好那件事才行。」

「你什麼時候拿到影本的？」

「我只是一時沒找到而已。啊，對了，我明白了。」
「你想的事，我完全都不明白。」
今村指向窗外。「剛才我說過，在來這裡之前，我認錯房子了。就在隔壁。在你來之前，我當是預先演練，先朝大門看了一下，然後打開門。」
「竟然只看了一下就開門。」
「啊，正確來說，我還摸了一下。我往後一拉，門就開了。我心想，這樣也太容易了吧，就此走進屋內找尋金庫。但完全找不到，心裡直呼奇怪。」
「因為你認錯屋子了。」
「過了一會兒，傳來有人回來的聲響，於是我急忙逃離那裡。」
「那可真是立了大功呢。」黑澤語帶挖苦地說道。
「算不上啦。」
「那麼，但書的影本呢？」
「好像是留在那兒了。對了，好像是從口袋裡掉出的。」
「如果你當時感覺有東西掉了，撿起來不就好了嗎？」
「我以為我撿起來了。」
黑澤重重嘆了口氣。他靠近窗戶，掀起窗簾望向戶外。

「沒事的。就算留下那張紙，對方也只會認為那是沒見過的收據。你大可不必在意。」

「這句話如果是出自我口中那還說得過去，但為什麼是出自你口中，而且還說得這般臉不紅氣不喘。」

仙台街道一次看遍的高地仙台街道！

這起事件發生背景的住宅區「North town」，當初在售屋時，在傳單上打出這個醒目的標語。

是想用這句標語來說明這裡的景致嗎？就算想以「高地」做為賣點，應該也有其他更好的表現方式吧？頭尾用同樣一句話，營造出迴文的氣氛，是刻意還是湊巧？短短一句標語，有多處令人納悶的地方。或許有人會想，請小學生來想，肯定也比它來得強，但其實這正是一名就讀小學的男生所想的標語。因為是一位地產發展公司的上司，聽到自己小五的兒子無意中說出的一句話，直呼「這個好」，讚賞有加，而身邊逢迎拍馬的人又都極力吹捧，使得其他人一時間也難以提出反對意見。當然了，大家也沒想到這最後會成為正式的宣傳標語，他們太小看此事，以為在正式決定前，應該有人會恢復理智，因而沒積極加以阻止。結果就像一記軟弱無力的射門踢進無人看守的球門一樣，這句宣傳標語最後拍板定案，大張旗鼓地登上廣告。

不清楚人們在購屋時，這句宣傳標語能發揮多大的影響。不過，儘管日本經濟已開始走下坡，但推出的土地建案還是銷售一空。

可能是很多人把「看遍」誤看成「看扁」，或者是它的價格設定較高，購屋者以富裕階層居多，它就此成為仙台市首屈一指的高級住宅區。

就在晚上將近九點時，「North town」的某戶人家打電話報警。

宮城縣警總部的通報接聽負責人詢問：「要通報意外事故，還是案件？」對方回答：「是、是挾持事件。」

一聽聞這鮮少聽到的話語，負責人一時間不知如何是好。

這是手機打來的電話。

那悄聲低語般的口吻，想像得出對方此時極力避免讓周遭人發現的畫面。

「嫌犯只有一人，突然跑到我家來。」聽起來像是年輕男子的聲音，還說出住址。

這時，負責人開始思考這不是惡作劇，而是嚴重事態的可能性。

「請問貴姓？」經詢問後，對方回答道：「啊，我叫佐藤勇介，是家中的長男。我父母都被捆綁了。現在犯人在二樓。」

「你是用自己的手機撥打嗎？」

「不，是用犯人的手機。現在剛好可以使用。」

負責人猜想，應該是他們的手機都被拿走了吧。

挾持人質事件——這幾個字浮現他腦中。

他陸續將訊息輸入電腦，同時想到該派ＳＩＴ上場。宮城縣警總部也設有特殊事件搜查班，如果是挾持事件，就該由ＳＩＴ來處理。此時接聽電話的他，腦中閃過幾年前在市內住宅區發生的那起人質挾持事件。讓ＳＩＴ的夏之目課長一戰成名的那起事件。說到夏之目，或許有人不清楚這個人是何來歷，不過他馬上就會登場，所以請各位稍安勿躁。

電話另一頭傳來粗野的嗓音。

傳出一陣沙沙沙的雜音後，感覺得到剛才那名年輕人一臉緊繃的神情，驚慌失措。

也許是被挾持的嫌犯發現了。

負責人大感苦惱，不知此時是否該喊「喂、喂」。要是隨便跟對方說話，讓人知道他是警察，身為人質的他們會有危險。偏偏又不能掛斷電話，他只好不發一語，全神貫注，豎耳細聽。

聽得到聲響和細微的對話聲。可能是電話掉落地板吧。正當他如此思忖時，傳來一聲「喂」，是不同人的聲音。

他無法回答。

「是警察對吧。」

他還是一樣無法回答。

「喂，你是警察對吧。媽的，幹嘛報警啊。既然這樣，那就沒辦法了。你叫負責人打電話過來，就打這支手機。」

接下來，這起白兔事件便交由宮城縣警總部的特殊搜查班ＳＩＴ處理，接著會暫時改以ＳＩＴ隊員的視角來說明故事經過。搜查班的核心人物，是在現場負責指揮的夏之目，不過為了讓大家更了解這位人稱「外方內圓」的人物，還是不要採取他自己的視角，而是借用他身邊的人物視角比較適合。

夏之目課長和我不同，他無比沉著。因為嫌犯交代要我們打電話過去，所以我心想，應該早點打電話聽嫌犯提出什麼要求比較好，但課長卻很堅持「沒事的，不用擔心」。事實上，他顯得氣定神閒，神色平淡地向各負責人下達指示。

討論完畢後，隊員散開展開行動。

「春日部，這也許是一件久違的大案子哦。」夏之目瞇起眼睛望著我。他的說話語氣就像很期待發生案件似的，或許有失分寸，但夏之目課長並非是在開玩笑。這就像棒球教練以「大家輕鬆打」來向球員喊話一樣，教練絕不希望球員真的輕鬆以對。

「再不打電話給嫌犯，恐怕不好吧？」

「春日部，你可真是一板一眼呢。」他望向我。

「這和是不是一板一眼沒關係吧。」

「愈是一板一眼，愈會嘗到苦頭。假帳單詐欺不也是這樣嗎？收到一張沒印象的帳單，便主動詢問，想化解誤會，結果讓不法分子知道電話號碼。如果不是這種中規中矩的人，就算收到沒印象的帳單，也會不當一回事，結果反而這樣的人比較少受害。」

「愈是中規中矩的人愈吃虧，這點我不否認。」

「總之，我當然會跟嫌犯聯絡，你別急。嫌犯在這時候應該還不會自暴自棄才對。與挾持犯的交涉，就像談戀愛一樣。第一要進退攻防，第二要忍耐，沒有第三和第四，第五就是強行突破。」

「課長，戀愛用強行突破不好吧？」一旁的年輕隊員大島說道。

我忍不住笑了，而夏之目課長就像設下防護線似的，足足慢了一拍後才發出笑聲。由於課長的笑不是發自內心，所以不時會像這樣，做出慢半拍的反應。

「大島，也許發生了一起大案件，可做為你加入ＳＩＴ的紀念呢。」夏之目課長說。

「這樣感覺像是我造成的。」

夏之目課長又是微微一笑，接著離開現場，往前走去。

由於我和大島是和課長一起搭車外出，所以急忙跟向前去。這時大島微微壓低聲音問道：「課長為什麼可以這麼從容？」

「課長其實也沒那麼從容。」在仙台發生挾持人質事件，其實相當罕見。

「但他還是和平常一樣開朗、開玩笑，顯得很從容啊。」

「那是裝的。」

「就像嘴巴上說『大家輕鬆打』，刻意裝得很開朗的棒球教練一樣是嗎？」

「比喻得真好。」難道大家也都這麼想？

「呃，我想問件事，但或許不太恰當。」

我這時已察覺出他大概想問什麼。

「課長以前和現在改變很大嗎？春日部先生，你認識課長很多年了吧？」

「現在的課長，只是在模仿以前的他而已。」

「哦。」大島微微發出一聲驚呼，接著一臉沮喪地應道：「說得也是。」

七年前，我就站在課長面前，親眼目睹他從以前那位課長變成現在這位課長的轉捩點。那時課長談到他支持的讀賣巨人隊，聊得正起勁，還提到自己那二十歲的女兒批評他太容易為了棒球結果而情緒起伏，課長嘴巴上嘆息，但表情卻難掩喜色，這時他手機響起。課長接起電話後，表情逐漸轉為蒼白，可以想見一定是接獲了壞消息。我腦中閃過不祥的預感，怕是他家人出了什麼事，例如交通意外之類，但萬萬沒想到他的太太和女兒雙雙出事。

開車的是他女兒，而他妻子坐前座。女兒雖然才剛取得駕照，但正因為是新手駕駛，所以開車格外小心，那天也不例外。問題出在對方，是個無視於交通號誌、擅闖十字路口的老太太。世事往往就是這麼不合理，夏之目家的母女當場喪命，而那名撞人的老太太雖然頭部撞傷，卻性命無礙。

「真是的，發生這種事真的很難受。」辦完喪禮回來的路上，部長對我說。

「明明發生了這種差勁透頂的事，卻搞不清楚究竟誰對誰錯。」

當然了，那些很清楚誰是壞人的情況，也一樣令人難受，但我贊同他說的話。我們彼此沉默無語，也無心閒聊，只想發出幾聲嘆息。

「那位老太太被占卜師騙了。」

「你指的是對方那名駕駛嗎？」雖說是位老太太，但年約七十，身體還很硬朗。

「一名女占卜師看上她的財產，主動接近她。不論她要做什麼事，都會找女占卜師商量，任憑她榨財。對方看著水晶球，以星星的排列占卜。」

「還真傳統呢。」

「這也可說是傳統的技法。」

「她不守交通號誌，該不會也是占卜的緣故吧？」

「這可不能一笑置之。聽說對方老是跟她說星星的排列如何，生日如何如何，攤開地圖說這個方位好，這條路好，如果付多少錢，一輩子都可免於遭遇交通意外。由於錢都被她騙光了，老太太擔心得睡不好覺，就此發生交通意外。」

「那不就是那名占卜師的錯嗎？」雖然我這麼說，但我當然不會想要逮捕那名占卜師。

「這純粹只能就心情上來說，但這沒有因果關係。」

嚴格來說，是沒有「法律上的因果關係」。如果沒那名占卜師，這位老太太就不會這麼疲憊，這麼一來，應該就不會發生交通意外。這當中有關聯，但在法律上不會這麼判定。

「我想起大學時代所上的法律課。」

那是關於民法的損害賠償。有個人趕著要與人做生意，衣服被一輛駛過的車輛濺起的泥水弄髒，他急忙換了一套衣服，結果遲到，被對方痛罵一頓，生意就此告吹。像這種情況，能否追究那名車主的責任？

其因果關係無法獲得認同。

車子濺起泥水，和生意告吹沒有直接的連結。或許有關聯，但如果衣服沒弄髒，生意是否就能談成呢？這倒未必。就算沒遲到，也可能一樣談不成生意。

不過，我現在還是和學生時代一樣不以為然。雖然稱不上有完全的因果關係，但多少有點關係吧？如果車子沒濺起泥水，生意談成的可能性也很高啊。雖然沒有要逼迫車輛駕駛「負起責任！」，但還是希望他能有一點「歉意」。
「那名占卜師怎麼看待此事？新聞可有報導？」
「週刊雜誌好像報導了此事，記者問了這個問題。」
「她怎麼說？」
部長噘起下脣，重重吁了口氣，彷彿早已看破。「說得極端一點，她好像很不高興，還說：『這和我有什麼關係？』」
「夏之目課長知道這件事嗎？」
「他怎麼可能跟我說。」
「說得也是。」
當時夏之目課長的內心化為一片空白。這是我自己的想像。
他應該是為了繼續活下去，而將自己的心情和感情全都捨棄。因為遭遇那樣的慘事，而變得縐巴巴的內心畫布，藉由刮除表面，強行讓它恢復成空白的樣貌。
從那之後，對夏之目課長來說，不論怎樣的情感，肯定都像是以清水在白色的畫布上作畫一樣。不論什麼時候，課長都在偽裝。偽裝快樂、偽裝悲傷、偽裝活著、偽裝昔日的自己。

大樓的燈光、路燈、煞車燈、頭燈，各種亮光讓馬路浮現在幽暗中。行進在緩緩蛇行的車道上，亮光滲進我眼中，向前延伸、搖晃。

連結市內南北兩地的縣道，可能是已過晚上九點的緣故，毫無阻塞。車輛拉開適當的間距，一路暢行。

坐在駕駛座的大島一副很想按響警笛的模樣，但上頭下達指示，只要沒有交通阻塞，就別太招搖。

目前已知的資訊還很少。

嫌犯的目的就不用說了，就連他的精神狀態、與被害人的關係、持有的武器種類，也都不清楚。

雖說事態緊急，但要是大張旗鼓地抵達現場，很可能會刺激嫌犯，嫌犯受刺激後會做出怎樣的行動實在難以預測。

「先遣部隊也差不多抵達了吧？」

「大島，你該不會是在緊張吧？」大島坐在駕駛座的側臉略顯緊繃，於是我向他問道。

「是有一點。不過有課長在，我很放心。」大島說。「因為他可是狗狗大作戰的夏之目課長呢。」

他說的是五年前宮城縣警總部ＳＩＴ處理的那起挾持人質事件。
「你在開玩笑吧。」默默注視著窗外的夏之目課長將視線移回車內，面露苦笑。
「我哪敢啊。」這句話的語氣聽起來也像是在開玩笑，不過課長也沒生氣，就只是冷笑幾聲。
「我說，那件事真的很折騰人。事件本身很折騰人，而且事後也是。」
「事後也是？」
「湧入大批愛狗人士的抗議。對吧，春日部？」
我聳了聳肩表示認同。
「真的嗎？」大島說。「可是，多虧那樣做，森先生才保住性命對吧？雖然那是我從事這項工作前發生的事，不過當時我也從電視上看到了。我還以為那名警察已經死了呢。那時我心想，警方對他見死不救，好可怕。」
那名前夫在母子兩人所住的屋子裡挾持人質達數天之久，電視轉播現場的情況。就我們而言，那次的事件給了我們一次經驗，深切感受到實戰的難度，以及不管做再多的演習和模擬，都還是會發生意想不到的事，而最大的失算，就是我們當中年紀最大的隊員森先生中彈負傷。

我們不知道嫌犯握有手槍，在毫無防備的情況下靠近屋子時，突然挨了一槍。森先生就此在大門前倒地，無法起身。

嫌犯因猜疑和恐懼而處於激動狀態，甚至不許我們前往解救森先生，就算我們解釋「只是要救出隊員」，他也充耳不聞，直說：「你們要假裝救那位大叔，然後硬闖對吧？」並宣布道：「警方要是敢靠近，我馬上就殺了人質。」

隨著時間經過，森先生已無法動彈，判斷不出他是生是死。

現場唯一保持冷靜的，就只有現場負責人夏之目課長。他擬定計畫，要在嫌犯不注意的情況下躲在鄰居住宅的暗處，慢慢靠近森先生，並決定付諸執行。但有個東西阻礙這項計畫，那就是隔壁人家養的狗，一隻公的杜賓犬。牠應該是發現氣氛非比尋常，比平時更加發揮看門犬的職責，只要有人靠近就大聲猛吠。

「飼主在哪兒？」「好像不在家。」

屋內沒開燈，就算按門鈴也沒人應門，所以我們都以為屋主不在。一直到事件解決後，才知道屋主是位老先生，當時在寢室裡熟睡。

總之，當時那隻杜賓犬一有動靜就猛吠。這成了嫌犯的警報裝置，通知他有警方靠近。事後得知這隻杜賓犬名叫「感應器」，總之，當時那隻狗是我們很大的阻礙。

人員無法靠近，便難以救出森先生。我們很認真討論拋出繩索將他拖出的可行性，但這個做法不切實際。因為不知道繩索這種道具是否能順利操控，而且狗也可能會對這項道具有所反應。也有人提議，乾脆拿一大塊肉給狗吃，讓牠無法再吠叫，或是在肉裡頭摻入藥物。後來也實際執行這項提議，但那隻狗很聰明，丟給牠的食物，牠一口也不肯吃。

隨著時間一分一秒過去，感覺倒在地上一動也不動的森先生身體逐漸冷卻，隊員們都感到很無力。有幾名年輕隊員大喊：「我們快點去救他出來吧。」但夏之目課長卻加以制止。

別急，應該會有辦法才對。無論如何我都會救森脫困，你們別慌。

課長以平靜口吻說出的這番話，有股令眾人冷靜下來的力量。

課長很清楚失去親人的可怕，而且是至親突然消失的可怕。因為課長這麼說，所以大家應該遵從。

「當時要是沒有課長想出的點子，森先生可就不妙了。」我遙想著往事，如此說道。

「不，我事後細想，還有許多更好的作戰方式。不會讓愛護動物人士前來抱怨的做法。」

「可是，森先生因此獲救，這是不爭的事實。那些人抗議你們怎麼對待狗，實在沒道理。」駕駛座上的大島發起牢騷。

「應該是因為狗比森還受歡迎吧。如果問我是站在哪一邊，我會選擇狗。」

我和大島都笑了，夏之目課長一樣慢半拍才笑。在前往處理挾持事件的車上，我們這段玩笑對話如果傳了出去，恐怕會遭受世人嚴厲的指責，我忍不住在意起這件事來。

不久後，先遣部隊以無線電聯絡，說他們已抵達「North town」，來到疑似事件現場的佐藤家門前。

「看來這起案件是真的。」隊員在無線電的另一頭說道。意思是說，這不是惡作劇電話，應該是真的挾持事件。

「二樓的窗戶有一名像是嫌犯的男子，感覺像是在等我們到來。他一身黑衣。因為窗內有窗簾，而且沒開燈，所以看不清楚。不過，看得出對方好像有槍，抵著一名年輕男子，男子似乎遭受捆綁。」

「大島，還要多久才會到？」夏之目課長向駕駛座問道。

「十分鐘左右吧。」

課長伸長身子，操作起設置在駕駛座旁的無線電。他把麥克風湊向嘴邊，向先遣部隊告知他再十分鐘便可抵達，由他第一個和嫌犯聯絡。
「明白了。在待命的這段時間，我們要先做些什麼嗎？」
「先調查看附近有沒有狗。」
隊員應該也明白他這是拿過去那起事件在開玩笑，向他回應道：「我會先找來一批狗狗合唱團。」
五年前發生那起挾持人質事件時，對於「為了救森，要如何讓會吠的狗不吠」這個問題，夏之目課長想出的點子是「就讓牠吠」。要讓狗了解我們的情況有所困難，而要拜託牠不要吠，更是難上加難。
「既然這樣，就讓牠吠吧。不過，其他狗也要跟著吠。」
隊員們打電話給認識的寵物店和愛狗人士，找來許多狗，以大卡車載運。當然了，狗兒們受到意想不到的對待，大為心慌，一同齊聲吠叫，所以嫌犯主動打電話來問發生何事。
課長向他解釋：「我不知道，附近的野狗們突然都叫了起來。我這就讓牠們安靜下來，你先等會兒。」
他讓嫌犯以為這是和警方無關的突發狀況。「他應該會起疑吧？」我如此問道，課長一臉理所當然的模樣點了點頭。「那是當然，不過他也不確定。我只要對他說，我會想辦法讓野狗安靜下來，你先等會兒，這樣就行了。」

事後課長教我一個道理。如果對方不同於那些自暴自棄、豁出一切的犯人，能夠溝通的話，時間經過得愈久，他們愈會想讓事情落幕。「如果對方也感到厭倦，連投降的力氣都沒有，就會對拖長挾持時間感到不安，到時候我們若無其事地展開行動收尾，有時還不會被發現呢。」

就結果來看，救出森先生的行動很順利。由於狗兒們持續吠叫，蓋過隔壁杜賓犬的叫聲，並趁著課長與嫌犯交談，轉移其注意力時，隊員們靠近森先生，以擔架救他脫困。

事件最後，是人質自己趁疲憊不堪的嫌犯睡著時，悄悄走出屋外，隊員攻堅逮人，就此落幕，但後來就像課長所抱怨的，大批的批評聲浪湧來，責怪他們不該讓狗兒暴露在危險下。

挾持現場的佐藤家雖然稱不上氣派，但也算屋況完善。大門前有一座寬廣的庭園，住家離馬路有段距離。

我們在附近的車道上停好車，與先遣部隊會合。

眼前有一輛小型巴士大小的車輛，裡頭是臨時設立的搜查總部。車內擺設了無線電、錄音機、螢幕，所以空間狹窄，但還是可以容納三、四個人相對而坐。

「辛苦了。」夏之目課長不疾不徐地說道，眼神犀利。「周遭的居民狀況怎樣？」

「正按照課長指示，挨家挨戶請他們避難。」

挾持人質事件的處置方式，會隨危險程度的不同而改變，而像這次嫌犯握有手槍，其急迫性和危險度都很高。方圓兩百公尺內的居民，都會半強制地要求他們避難。現在包括大島在內的隊員們，正挨家挨戶通知。

「大家雖然很吃驚，但還是都遵從避難指示，這幫了我們一個大忙。」

「當中有沒有人想透過網路直播招攬人氣啊？」

「就算有也不足為奇，幸好目前還沒有。不過，一些比較受注意的資訊網站，我們還是會隨時關注。」

「沒人在的住家也很多嗎？」

「完全沒人應門的住家並不多。」隊員如此說道，指向攤開的地圖。沒人在的住家做了標記。

「當中該不會有的是以為沒人在，結果屋主在裡頭熟睡吧？」

應該是想到五年前那隻杜賓犬的飼主吧。

「或許有，但不可能全部都是。」

偏偏又不可能擅自進入屋內，調查是否有人在屋內睡覺。

「拉起封鎖線，開始限制人員進入這座市街。」

「這祥和的小鎮，為什麼會發生這樣的事件呢？」夏之目課長以詠嘆的口吻說道，或許他當這是在開玩笑吧，接著他說了一句「那就先下第一步棋吧」，取出自己的智慧型手機。對方的聲音會從手機的喇叭傳出。

「真緊張呢。」我說。

響了幾聲後，傳來低沉的一聲「喂」。

「我是宮城縣警總部的夏之目。很抱歉，這麼晚才打電話給您。」課長語氣平淡，刻意選用既不謙卑、也不傲慢的口吻。不管彼此處在怎樣的關係下，最重要的就是對等的態度，課長常這麼說。

嫌犯隔了一會兒才說：「你聽好了，你們要是敢亂來，人質馬上沒命。」

「佐藤家的人都平安無事嗎？更重要的是，你究竟是誰。告訴我吧。」

嫌犯沒馬上回答。

我想像他環視屋內，細數自己捆綁的人質共有幾人的模樣。推測嫌犯之所以沒馬上回答，證明他個性謹慎，而且一板一眼。

「住在這間屋子裡的共有三人，父親、母親，還有兒子。雖然他們很害怕，但一切平安。不過那是目前。」

「是嗎？」夏之目課長可能是一面回答，一面想像嫌犯的模樣，只見他視線望向空中。

「我是說目前哦，這點你要牢記。」男子似乎是情緒激動，聲音偏高，不過課長靜靜轉頭望向我們，眼神說道：

「這個人能溝通，太好了。」

我也有同感。

如果對方的第一句話是「我遵從宇宙的聲音」，或是「我已經完了」，則我們交涉班的人員就不知該如何進一步交涉了。

「你的要求是什麼？話說回來，你為什麼要闖入佐藤先生家？」

課長刻意頻頻說出人質的名字。藉由這麼做而讓嫌犯知道，他所面對的不是物品或道具，而是活生生的人。這樣瑣細的印象累積，之後會發揮功效。

「我跟這戶人家無怨無仇，我要找的是另一個人。」

「另一個人？你跟另一個人有仇嗎？」

「我正在找他。找著找著，就來到了這戶人家。」

「原來如此。」

「我的要求就是這個。」

「這個？」

「把我接下來說的人帶來，讓他跟我說話。」

「我明白了。」夏之目課長馬上應道，不顯一絲猶豫。「是誰？」

嫌犯說得很理所當然，但卻是一個我們很陌生的名字。

嫌犯說，此人姓折尾，名不詳，綽號叫折尾折尾。「年約四、五十歲，大概就這個年紀。擔任諮詢師。」

「諮詢師？這是什麼啊？」

隔了一會兒，嫌犯才應道：「應該是某種職業吧。」

「擔任諮詢師的折尾。光這個情報就找得到人嗎？」

「他人在附近。」

「在這附近？」

「沒錯，絕對就在這附近。如果可以，我想自己找，但很遺憾，我已經無法離開這裡了。因為……」

「不是因為我們的關係吧？」夏之目課長說。

「就是你們害的。」嫌犯啐了一口。

「我想問件事，在警方趕來之前，你沒想過要離開那間屋子嗎？」

「當然想過。不過，我離開這裡後，你們警方四處搜查，我要找人可就困難了。既然這樣，乾脆……」

「改請我們警方幫你找人是嗎？」

「如何，很聰明吧。」

「嗯，我覺得你的判斷很正確。」

「總之，你們快點找出那個人來。一找到人，就讓他跟我通電話。有什麼事，等那之後再談。」

「請等一下。」

「在天亮前要找到，如果天亮後還找不到折尾，或是你們找到人，卻沒打電話來，我就殺了人質，然後自殺。」

「請等一下。」

「聽好了。」

「不，你等一下。」課長趁對方想打斷他話的空檔，一再插話進來。「那些人質算是遭受池魚之殃。這和他們沒關係吧？為什麼你要拿他們當墊背。」

「這問題很簡單。若不這麼做，你們就不會認真聽我的訴求。」

「我可是很認真呢，我希望明天大家都能平安無事地回歸普通的生活。倒不如說，你如果把人質放了，我有可能會更認真看待此事。」

嫌犯笑了。「這怎麼可能。」

「大家都能平安過日子，這是最好的結果。不光是佐藤先生他們，如果可以，希望你也是。對了，我該怎麼稱呼你呢？」

嫌犯沉默片刻，接著應了一聲：「別開玩笑。」

雖然對方報上真名的可能性很低，但有時如果選個稱呼，便有可能從中得到提示，而看出對方的來歷。因為人們替自己取綽號時，都會選個和自己有關的名稱。

夏之目課長很擅長提出這類的提問，不露聲色地導引出資訊。

嫌犯在一陣咳嗽後，語帶不悅地說道：「我告訴你，我被這戶人家的父親傷了喉嚨，痛得要命，現在很火大。」

「聲音聽起來很令人同情。」

「總之，你們要努力找出折尾來。」

「你給的資訊太少了吧？你以為光折尾這個姓就查得出來嗎？如果他高舉著告示牌，那倒還有可能。」

「怎樣的告示牌。」

「例如上頭寫著我是折尾。」

「這點子不錯哦，就是那個。」嫌犯說到這裡停頓片刻後，接著道：「他對獵戶座的知識相當豐富。」

這肯定是從折尾這個姓聯想到的笑話，我聽了之後非但不覺得好笑，甚至覺得很生氣。夏之目課長或許也是同樣的感受，但他還是一樣不顯一絲情感。「我總不能一見人就問對方是否對獵戶座有研究吧。我沒說這不可能辦到，但很花時間。有沒有他的照片？如果有，我希望你能寄到我的信箱來。」

「寄信是吧。」

「寄信很方便。」

「我怕啊。」

「怕什麼？」

「例如我寄信給你之後，怕你寄什麼奇怪的郵件給我。不是有病毒這種東西嗎？」

從這樣的談話中得知，嫌犯對網路相關的事一竅不通。雖然也有人會對自己不了解的領域刻意做出大膽的舉動，但大部分的人都會比較謹慎。嫌犯屬於後者。

「你連這種小事都這麼在意。」

「算是吧。因為要騙人的時候，都會講些無關緊要的話。」

「這話什麼意思？」

「如果開門見山地問密碼是多少，沒人會告訴你。但要是若無其事地說要替對方做星座占卜，而詢問生日，就有可能自己說出來。如果密碼和生日的數字相近，便可從中得知。比較危險的情況，是對方以『我是為你好，特地來幫你忙』的態度主動接近。對吧？」

這種取得資訊的手法，是我們的拿手絕活。不是說一句「請把錢包給我」，而是說「我幫你把那邊的行李放到這邊來哦」，這樣對方比較會聽從，至少不容易拒絕。

「既然這樣，我不會寄信給你，就只有你寄信過來，這樣也可以。我們不打算做那些你意想不到的事，就只是想得到一些資訊。」

嫌犯並未思索太久。「原來如此，我明白了，傳送圖片給你可以了吧。」

夏之目課長告訴他自己搜查用的手機信箱後，補上一句：「請讓我確認佐藤先生還平安無事。」

就算要回應嫌犯的要求，前提也得是人質平安無事。

「當然是平安無事。」

「我也可以相信你，不過，若是這樣辦事的話，當我們找到你要的折尾時，光憑我一句話，你信得過嗎？如果你現在不讓我聽人質的聲音，到時候我也不會讓你聽折尾的聲音。」

嫌犯再次沉默。

「告訴我佐藤一家人的狀況。」課長像在提醒似地說道。

「你等一下。」聽得到嫌犯動作的沙沙聲。「喂，你們給我安分一點，沒必要的話不准多說，我這可不是在嚇唬人哦。」傳來他的悄聲低語。應該是在威脅佐藤一家人吧？

過了一會兒，傳來另一個男人的聲音說道：「喂……」

是名年輕男子。

「是佐藤先生嗎？我是宮城縣警總部的夏之目。您是屋主嗎？」

「啊，我是勇介，佐藤勇介。是家中的長男，或者該說是家中的獨生子。」

「勇介，你父母也在那裡嗎？」

「是的，被綁住。我實在搞不懂為什麼會變成這樣。」

有許多話想問。嫌犯的模樣、行動受限的狀態、是否認識嫌犯……就算不認識，但是否注意過他？要是能得到這些資訊將大有幫助，但我當然不認為嫌犯會同意他告訴我們。

「佐藤先生，請你聽好。我想你們一家人現在一定處在很不安的狀態下。我們是專門負責這種工作的人。我一定會救你們一人家脫困，或許你們此刻心裡很難受，但請不要過度恐慌。」夏之目課長以「這句話我非說不可」的口吻轉告對方。他那句「我一定會救你們一家人脫困」，也強而有力地傳進我心底。

「是。」佐藤勇介的聲音比剛才更加振奮，甚至帶有一種眼中噙著淚水的氣氛。之後他似乎還有話想說，但傳來一陣沙沙聲，改換成嫌犯接話道：「這樣知道他平安無事了吧。」

「謝謝你，這樣我們就能設身處地地聽取你的要求了。」

「之前就沒設身處地嗎？」

「坦白說，沒有。」

嫌犯似乎沒生氣，反倒還笑了，傳來柔和的呼吸聲。「那麼，你們快找出那傢伙吧。」

「請你傳照片過來。如果還有其他要求，請跟我聯絡。」

還有——夏之目課長話說到一半，對方掛斷電話。

可能是想到交談的時間太長，急忙掛斷電話。

「測驗開始了。」課長說。

「要先等他寄信來嗎？」我望著課長擱下的手機。

「只知道折尾這個姓，什麼事也做不了。他說那傢伙一定在這附近。」

「意思是他住在這條街上嗎？」

「如果是這樣，他直接到對方家中就行了，而且應該會明確指出他家是哪一戶才對。」

「會不會是因為工作的緣故，來到這處住宅區的某戶人家呢？」

一名隊員如此說道。雖然不清楚諮詢師的工作有什麼含意，但有這個可能。

「如果是這樣，得四處進行確認才行。」我說。

「要先將市內姓折尾的男人都過濾一遍嗎？」

「這姓氏很少見……」也不清楚對方是否住在市內。「我們正在向房屋仲介公司和稅務署詢問佐藤家的相關資訊。」

「啊，有個令人在意的消息。」一名隊員像是剛才忘了說似的，以一副猛然想起的神情說道。

「我們正在蒐集令人在意的消息。」

「好像是在幾小時前發生的事，就在這個市街隔壁的縣道後方，好像有人打架。」

「打架？」夏之目課長就像在確認這句話的含意般，重複說了一遍。

「有兩名男子，原本或許是在爭吵，但接著其中一方突然用力撞向對方，一名駕車路過的婦人目睹那一幕。那位婦人是這條市街的住戶，她剛才告訴我這件事。」

「打架是嗎，可能沒關係吧。」我說。

「不能妄下斷言。待會兒可以問個清楚嗎？」

「可以，她暫時避難去了，不過待會兒我可以把她找來。」

「你很在意打架的事嗎？」像這種衝突，平時也常發生。

「也可能是因為打架惱火，而引發挾持事件。」

「打架的一方是嫌犯嗎？有這個可能嗎？」

「可能沒有吧。」

真猜不透夏之目課長到底有幾分認真。

我打開門，走出車外。我伸展雙臂，把頭側向一旁，看見高掛夜空的明月形成一個美麗的圓。

白兔事件，在「North town」發生的這起挾持人質事件，將警察捲入其中，進展到下個階段。

一名隊員從婦人那裡聽聞有人在路上打架的事，不用說也知道，它也和這起事件大有關聯，不過此事稍後才得到證實。由於警方已完全忘了此事，所以隔了很久才向婦人詢問。

我們先將時間往回拉，回到警方趕來前，勇介他們被捆綁後的場面。這時候，透過闖入勇介家的這名男子視角來說明最為簡單明瞭。

望著這三名被我捆綁的家人，我倍感沮喪，心想，怎麼會演變成這樣呢。

我一度在仙台車站發現折尾折尾。

正當我好不容易鬆了口氣時，戴著眼鏡、身穿西裝的折尾折尾一如平時露出那爽朗的笑容，好整以暇地向我打招呼道：「咦，好久不見啦。」令我一時大意。他朝我小腿踢了一腳，趁我痛得發出呻吟時，一溜煙跑了。我為自己的出醜氣得眼前發黑，不過在這之前，我已先將GPS發射器放進他背包裡，連我都覺得自己幹得漂亮。

我定時搜尋他傳來的位置資訊，查出所在地是一戶獨棟的一般人家時，我心裡也感到懷疑，但他應該就在這間屋子裡，所以我只要強行把他帶走就行了。

所幸大門沒鎖，很輕易就走進屋內。不知道能否在別把事情鬧大的情況下，迅速將這間屋子搜查過一遍。當我心裡這麼想時，正好被女主人撞見，結果正如我所擔憂的，事情就此鬧大。

根據位置資訊，折尾折尾就在這棟房子的占地內。GPS訊號能掌握從高空看見的平面位置，但無法告知正確的高度，而且有誤差，始終都只能給予大致的位置。

「這裡有沒有地下室？」我向他們一家三口詢問。

他們嘴巴貼著膠帶，但那名父親率先搖頭，母親也配合跟著搖頭。只有那個兒子一直望著父母，似乎很在意他們的舉動。

「你們真的不知道這個傢伙？」我依序將顯示在手機螢幕上的折尾折尾照片拿到他們面前給他們看。

戴著眼鏡，身穿西裝，有著三寸不爛之舌，總是講得頭頭是道，乍看之下像是個頗有才幹的男人。

那名父親朝照片注視半晌後，搖頭否定。

看起來不像是裝蒜。

不過，母親與兒子的反應則顯得很怪異。

他們看過照片後，雙目圓睜，透露出心中的慌亂，那急忙否認的模樣顯得很刻意。

仔細回想，第一次出示這張照片時，這名母親略顯激動。

「妳知道對吧？」我就像很肯定似的，加重語氣說道。「他人在哪兒？」

母親張口說話，但嘴巴貼著膠帶，只聽到含糊的聲音。

我暗啐一聲，撕下她的膠帶，但才撕到一半，她就像認定這是大好機會似的，張口朝我咬來，所以我急忙抽手。

開什麼玩笑啊妳——我差點就賞了她一耳光。不是因為憤怒，而是她那無所畏懼與我拚命的態度，令人覺得可怕。

我不得不拿槍比向她，對她說：「拜託妳安分一點，下次我會開槍哦。我沒開槍，你們或許都把我瞧扁了，但該開槍的時候，我不會猶豫。明白了嗎？如果是不奪走性命，專挑大腿或腳開槍，讓妳吃點苦頭的話，我倒是可以輕易辦到。」

「槍聲會引來警察哦。」母親不甘示弱地回嘴。

「如果警察來了，我將走不出這裡，變成挾持人質，到時候你們也會惹禍上身哦。」我說。

我發現那名兒子一直靜靜盯著我瞧，他的眼神就像在打探我的破綻。他打算想辦法逃走，向警察通報嗎？

「為什麼你認為我們會知道照片上的人？」母親說。「為什麼你認為他在我家？」

「妳是真不知道嗎？」

「不知道。」她那宛如在昭告世人般的口吻，感覺像是為了掩蓋真相。

要再仔細搜尋一遍嗎？大致都已查看過，不過書櫃內部和床下還沒確認過。

我見那名父親正搖著頭，明白他是想說話，就此朝他伸手。我小心提防他張口咬我，撕下膠帶。感到戰戰兢兢。

「難道……」那名父親說。

「難道怎樣？」

他慢吞吞地答覆，令我感到焦急難耐。有時我會搞不清楚這名父親是否真的替家人操心。他可能是在逃避現實，因為我不時看他露出茫然的神情。

「你從剛才就一直在使用手機，像是在確認你要找的人目前的所在地。」

「你那是什麼說話態度。」持槍的人是我，他卻用這種瞧不起人的口吻跟我說話，令我火冒三丈。可能是他身穿便服的緣故，看起來不太可靠，但在公司裡應該也頗有地位，肯定是在公司裡作威作福，所以連在這種時候，也用高傲的口吻說話。

「您好像一直在找人。」他急忙改為客氣的用語。「是依據GPS或某個消息在追人嗎？我看您好像不時在搜尋位置資訊。」

「是又怎樣？」

「你把會傳送位置資訊的機器悄悄放進他的行李內，剛才的照片裡拍到了背包，所以是放在背包裡。」

「是又怎樣？」

「其實，我不久前發現了那個包包，將它撿了起來，就在外面的道路上，就跟照片上的一樣。該不會是你在裡頭放了會傳送位置資訊的某個東西，就此誤會了吧？」

我朝那名父親瞪了一眼，他馬上改口道：「會不會是您誤會了呢？」他就像是已有數十年沒這樣看對方臉色說話了，說起話來很不流暢，看得出他平時的傲慢。

母親和兒子瞪大眼睛，我這才發現，果然不愧是一家人，長得真像，那對母子一直注視著父親。

三人都手腳受縛，我手中有槍。像這樣折磨別人，加以威脅，我也不是第一次了。但一個人一次要控制三個人，相當耗神。我以手槍比向他們叮囑道：「聽好了，給我安分一點。」

「那個包包在哪裡？」我開口詢問，但同時也有不祥的預感。如果這名父親所言不假，真的只有GPS的機器在這裡的話，那折尾折尾人就不在這兒了。那我也就只能放棄，而且再也沒有找出折尾折尾的方法。

「在二樓。不是我剛才待的房間，是另一間。我放在一個奇怪的地方，所以我陪你一起去。」

「你在哪裡撿到那個背包？剛才你說掉在路上。」

「是真的，就在我家門前。」父親朝家門外努了努下巴。「我以為是家裡的人忘在外頭或是掉了，想說先拿回家再說。」

「你們看過那個背包嗎？」

那對母子盡皆搖頭。看起來像在說謊，也像是老實回答。

「你或許是追查位置資訊而來到我家，但那應該是因為背包在這裡的緣故。就只有背包在這裡。這樣問題不都解決了嗎？你只是在追著背包跑。不過，你找的那名男子或許就在附近。你應該快點到外頭找尋才對。」

「少囉嗦。」我如此應道，但內心感到焦急。如果折尾折尾不在這間屋子裡，我就得趕快到外頭找尋。沒閒工夫繼續待在這兒了。

「您有時間限制嗎？」父親再度拋出一個很單純的提問。

「什麼啊？」

「你從剛才就一直很在意時鐘。所以我猜想，你是不是和人約定幾點前非得把那名男子帶回去不可？」

「你很囉嗦耶。給我閉嘴，和你沒關係。」

確實有時間限制。我心愛的綿子，她的生死和此事息息相關。

現在綿子不知道怎樣？不知道她有多麼不安和害怕？現在豈是悠哉地待在這

種高級住宅區的時候，一股很想奪門而出的衝動驅策著我。

等等，先冷靜下來——我極力安撫自己。

我闖入別人家中，將對方捆綁，持槍威脅，所以不能說是「悠哉」。而我這麼做，和解救綿子息息相關。我可沒偷懶，倒不如說，如果我這時候放棄，才真的是一切全完了。

我滿心以為自己是集團裡的一分子。

此刻我的心情，就像被告知要交易給其他球團的棒球選手一樣。

和球隊並非團結一心。

不知何時會突然變成敵人，現在我對此有了深切的體悟。

我對自己是站在綁架者的一方，不曾感到質疑；而對於妻子被擄，自己成為被威脅一方這樣的事情，也想都沒想過。

「我們綁架了你妻子。聽好了，兔田，如果你希望我們平安放人，就得聽我們的吩咐。」

打電話來的，是一個我不曾聽過的聲音。猜得出來，這是我們集團裡某個交涉負責人。應該和負責進貨的我完全無關吧？要求的不是金錢，而是別的事，這是我們一貫的做法。

「我想你也知道，現在你妻子所待的地方還不至於太差，所以你用不著太擔心。」

電話裡的人如此說道，但我當然不會因為他這句話而心想「那就好」。我想起自己常對綁架的對象說的那句話：「我絕不會加害妳。別看我這樣，我可是這方面的專家呢。」但我怎麼可能就此放心，我心中發出難以成言的怒吼。

「喂，在幾號倉庫？一號？還是二號？」我朝電話裡的人追問。或許我應該更冷靜一點，採取可以順利套出消息的方法，但此刻的我沒有這樣的從容。

「在一處你不知道的地方。」

要是知道綿子人在哪兒，我打算這就衝去救她。

「總之，她現在平安無事對吧？你聽好了，要是你們敢加害她的話……」

「你應該也很清楚，只要你聽從要求，我們就不會加害她，會完璧歸趙。不過，如果你不聽從的話，會有什麼後果，你應該也知道吧。」

沒錯。喪失交易商品功能的人，就像是不良庫存，會被粗魯地對待，然後捨棄，這我再清楚不過了。

「等一下，用不著這麼麻煩，只要委託我處理這項工作不就行了嗎？根本沒必要綁架我太太吧？我會好好執行命令的。」

「或許吧。不過你應該也很清楚，有人質在的話……」

「怎樣？」

「就會拚了命去做。」

「我會拚了命去做的，就算沒用人質威脅我也一樣，所以你現在就放了綿子吧。」

我極力陳情，但我自己也知道這樣行不通，必須得遵守規矩才行，別想要有例外。這不是businesslike，而是business，我們一直都這樣聽從上級的吩咐。

「聽好了，你只要把人找出來就行了。」

「找誰？」

「你應該也聽說會計捲款潛逃的事了吧。」

我想起幾天前和豬田勝聊到的那個話題。「應該是把錢轉往某處了。」

「有個男人知道那筆錢的下落。」

「是折尾對吧。」

「是折尾折吧。」

「你少說了一個尾。」

「你應該也知道他的長相，不過待會兒我會傳照片給你。把他找出來。」

我沒有拒絕的選項。或許有，但我看不到。

「為什麼選我？為什麼派我去做？」

「詳情我也不清楚，可能是你的能力受到賞識吧，你就拚了命去幹吧。」

或許是因為我有可以做為交易用的弱點，也就是我有心愛的家人。以豬田來說，他應該沒有可以被人綁架來當人質、令他發愁的家人，也沒有財產。上頭的人對自己的部下身家做過調查，就此鎖定我的綿子。

講完電話後，我腦袋一片空白。

濁黑的恐懼馬上流入腦中的空洞。

光是想像綿子被監禁的模樣，我便心亂如麻，幾欲發狂。但我現在要是不振作一點，就無法救她脫困，最後這點令我保有正常，免於發瘋。

我想起過去自己的所做所為，以及那些被我綁架的人，想像他們的家人，這才發現自己長期以來竟然一直在做這麼過分的事，就此放聲號啕大哭。我這是自作自受，因果報應，但我還是祈求綿子別捲進這件事當中，並咒罵那看不到的人。

「你是不是和人約定好，在什麼時間前要帶那個男人過去？」那名父親老是學不乖，一直追問這件事。

是啊——我很想這樣說。

是有時間限制，而且就是今天。我得趕在今天把折尾折尾帶去見他們。

再過幾個小時，今天就結束了。

趕不上了。不，還有時間。我極力說服自己。

集團裡的高層找尋折尾折尾的原因有二。

一是要制裁他的背叛行為。

為了今後要管理整個集團，勢必得嚴懲背叛者。

另一個原因更為重要，為了要讓他供出錢藏哪裡。沒有錢，就無法送錢給交易對象。日期都說好了，就是明天。之所以這麼拚命找尋折尾折尾，也是因為交易對象不是那種靠交涉和懇求就管用的人。所以我才會被設下今天的期限，但嚴格來說，只要在天亮前找出折尾折尾，還是有可能平安無事，這當中還保有交涉的餘地。

「好，你跟我來。」我向那位父親命令。「給我看那個背包。」

他可能是一直維持同樣姿勢的緣故，似乎很在意自己麻痺的雙腳，慢吞吞地站起身。他說這樣無法行走，所以我拆下他腳踝的膠帶。

「等你知道和我們無關後，請快點離開。」

囉嗦，快點走——我拿槍抵向他。這時那名父親望著手槍的雙眼，彷彿為之一亮，除此之外，我也沒特別留意。

來到二樓後，他朝裡頭的房間走去，右腳似乎在地上拖行。他彷彿已察覺到我的視線，轉頭對我說：「我從年輕時就有腳傷。」他還提出「可以讓我雙手鬆綁嗎」的要求，但我不予理會。

剛才在屋內巡視時，也曾走進這個房間。一整排擺滿書的書櫃，從房間來看，感覺屋主好像頭腦很好，但這種房間和我無緣。

「喂，背包在哪兒？」

「在那個書櫃裡。」

我站在他努著下巴所指的書櫃前，但玻璃門內擺的全是看起來頗為艱澀的書本，我從上往下查找，完全看不到背包的蹤影。根本就沒有嘛——我話剛說到一半，突然發現這書櫃採雙層構造。雖然還不至於誇張到用機關來加以形容，但它分成表裡兩層，前方的書櫃能滑向一旁。我也沒細想，就直接將眼前的書櫃往左滑，但當我看到後方書櫃裡的東西時，一時間說不出話來。

本以為裡頭放的不外乎是書或ＤＶＤ之類的，但玻璃櫃內的東西，怎麼看都像是來福槍，還有很像是頭盔的東西。換言之，裡頭擺設的物品怎麼看都像是武器。

一般人的家中怎麼會有這種東西？

這時，我身子一陣搖晃。隔了一會兒我才知道是那名父親從後頭撞向我。雖然他雙手捆綁在身後，但還是在這樣的狀態下朝我衝撞。

上當了——當我腦中浮現這個念頭時，已慢了一步。

我身體撞向書桌，腰間刺痛，腳下一陣踉蹌。

他跨坐在我身上，維持手捆綁在身後的姿勢，以膝蓋抵住我的手臂。由於他巧妙地壓制住我的關節，我一時無法動彈。

此人雖然外表看起來瘦弱，但一點都不好惹。

不久，他改變身體位置，把腳移開，改為用膝蓋抵向我脖子。由於加上了他的體重，我感到喉嚨疼痛難當。

他不是普通人物，我想起剛才看到的那些武器。以常識來看，不太可能會認為那是真的武器，因為書櫃裡甚至有像手榴彈的東西。

有人的嗜好不就是蒐集軍用品嗎？他在雙手受縛的狀態下，還有辦法壓制我，從這點來看，或許他還接受過實際的軍事訓練。

我感覺到自己無法呼吸，意識逐漸遠去。不，甚至連這種感覺都愈來愈淡。

這下不妙，腦中開始出現喪氣的念頭。我已經沒戲唱了嗎？

當時我體內之所以會冒出超越極限的力量，全是因為腦中浮現綿子的面容。
要是我在這裡被他擺平，就無法解救綿子了。要是沒有我，綿子的未來將充滿絕望。
可惡！想到這裡，頓時冒出無窮潛力。我將對方翻倒，可能是過度勉強扭轉身體，關節一陣劇痛遊走。但現在無暇在乎疼痛了。
我邊咳邊吸氣。喉嚨好痛，我試著發出聲音，聽得出聲音沙啞。
我一把揪住那名倒地的父親，使勁地一把提起他，撞向書櫃。
我立刻拿槍比向他，手指扣向扳機。我曾朝人開過槍，不過，還沒這麼近距離開槍過。我有預感，開槍的話情況會變得更糟，這使我恢復了冷靜。這時候見血，只會惹來無謂的麻煩。
「把手舉起來，少跟我耍花招。喂，這是什麼？」我望向書櫃。「裡面好多危險物品啊。」
那名父親板著臉，沉默不語。他用力地喘息，很在意自己撞傷的部位。
為了確認喉嚨的狀況，我刻意咳了幾聲，感覺就像是會咳出血似地，疼痛不已。
背包在哪兒？——我本想這麼說，但說不出話來。

這時樓下傳來聲響。是椅子翻倒嗎？很明顯，樓下那兩人並沒有乖乖待著。

這名父親的目的，是為了把我從一樓支開嗎？

「敢耍我。」我急忙拉著那名父親走下樓。感覺就像粗魯地把重物拉倒在地一樣，一路衝向客廳。

「你們別動，不然我朝他開槍哦。」我朗聲說道。

那名兒子正準備打電話。雖然手腳無法行動，但他把手機推落地上，自己也躺在地上，想撥打電話。應該是母子倆通力合作，那名兒子嘴巴上的膠帶已經拆下。

我發出不成人語的叫喊聲，那是我心中的焦急、憤怒、恐懼所混雜而成的凝塊，我向他們強調我手中的槍，並像拋開棉被似地，將一路拖行而來的父親拋向一旁，槍口抵向那名兒子的頭。

「你在開什麼玩笑啊。喂，我真的要開槍了。」既然走到這一步，不就只能開槍了嗎？

我撿起手機抵向耳邊，但沒有聲音。

他已經報警了嗎？還是還沒報警？

如果已經報警，警察很可能會前來。

我不禁感到全身寒毛直豎。如果警察前來，之後只能挾持人質或是逃走二選一。

一定要避免陷入長時間拉鋸戰。

愈是害怕，腦中愈是浮現最糟的情況。我能想像四周被警車團團包圍，時間就此白白流逝的情景。抓走綿子當人質的那些傢伙，連我現在是什麼情況也不知道，只會做出「好了，時間到，真是遺憾」這樣的判斷。綿子將會被貼上「捨棄」的標籤。

如果向警方求助呢？

如果坦白說出我的狀況，請他們解救綿子，他們或許肯助我一臂之力。

但要是走漏風聲呢？

警方的相關人士當中，有我們集團的同夥，或是提供消息的眼線，這是確切的事實。

以前曾有一家人向警方通報親人遭綁架的事，結果風聲馬上走漏。

該怎麼辦才好？靜下來、靜下來——此刻我就像是極力要安撫心中那頭無比焦急的怪物般。我將那名父親壓制在地，壓抑不住體內亂竄的急躁，朝他踢了一腳。接著以膠帶捆綁他的腳踝，但這也花了我不少時間。因為我得用槍威脅他，提防他展開反擊。

至於那名兒子，見我正忙著捆綁，可能是想趁機襲擊，很不自然地動起身子來。他理應綁在身後的手向前探出，當我大吃一驚時，他已一把掐向我脖子。他似乎已掙脫膠帶。他手指嵌進我喉嚨，我一吃痛，急忙把他的手臂甩開。或許也不能說是這對父子想法一致，不過他攻擊的位置，和他父親剛才以膝蓋抵住我的部位相同。

開什麼玩笑啊你——我費了好大一番勁才將他踢開。

我急忙拿槍口對準他，那名母親馬上挺身向前，想保護自己兒子。

一家人團結一心，和樂融融，這樣固然不錯，但請在和我無關的地方展現你們的親情吧。

我咳了一會兒，語帶威脅地說道：「聽好了，絕對不要再動腦筋騙我了。」

感覺到痛楚直透肺腑。

一股無名火油然而生。

「喂，上面那是什麼？藏在書櫃後面的東西。」

那名父親可能是因為自己的抵抗落空，所以感到心灰意冷，一臉茫然，默而不答。

我朝他踢了一腳喝斥道：「喂，快回答。」那名母親身子為之一震。

「那是生存遊戲。」先開口的是兒子。「我爸爸喜歡玩生存遊戲。」

那名父親對於兒子的解釋似乎一點都不感興趣，看起來就像是氣自己作戰失敗，在一旁鬧彆扭。

「生存遊戲是嗎？你蒐集那麼多武器，是空氣槍嗎？」

是的——母親點頭，那名父親慢了半拍，也跟著點頭回答「沒錯」。

好險。如果那名父親拿出空氣槍對著我，我一時也會懷疑是真槍而不敢亂動，也許情勢將就此逆轉。

我暗啐一聲，再次用膠帶纏住他們三人的手腳，並封住嘴巴。

「想要出其不意地攻擊，就只有一次機會。真是遺憾啊。喂，你剛才報警了嗎？」

嘴巴貼著膠帶的兒子無法回答，但這時突然響起一個陌生的旋律。

什麼聲音？

還傳來震動聲。剛才兒子想用來報警的手機沒任何動靜。我望向這一家人，只見那名母親睜大眼睛，發出「唔～唔～」的呻吟聲。

我問她：「是妳的電話嗎？」她點頭。

餐桌上的手機發出鈴響。那是舊型的折疊式手機，我拿起手機，望向上頭的液晶螢幕。來電者的名稱顯示「爸爸」。

「這個爸爸是誰？」我拿槍比向那名母親，朝她走近。雖然我沒這個意思，但腳步聲洩漏出我的焦急。我甚至忘了遭她咬傷的不安，粗魯地一把撕下她嘴巴的膠帶。

「喂，這個人是誰？」

我握著手機湊向她面前。

她先是望向一旁孩子的父親，接著朝一面震動、一面發出旋律的手機望了一眼，然後視線移到我臉上。看得出她內心慌亂，不知如何是好，正煩惱著是否該說真話，也就是說，她也可能打算說謊。

我馬上將槍口比向他們的長男。「妳和電話裡的人講話。沒必要的事別多說。只要說一句『我現在有事要忙，之後再打給你』就行了。聽好了，妳要是敢多說一句，我就朝妳兒子開槍。到時候就完了，我只能就此了結一切。」

我做出先開槍射她兒子，然後射自己腦袋的動作。雖然不知到時候我會不會真的這麼做，但我當時覺得，就算是那樣也無所謂。

那名母親表情為之僵硬，點了個頭。

我按下通話鈕，把手機湊向她耳邊。

我心想，只要讓她講電話，就會知道對方是誰。

「老公，很抱歉，我待會兒再回撥給你。」她如此說道。

老公？

「春日部，媒體到了吧。」

我們在車輛外對陸續聚集的隊員們下達指示，進行資訊的歸納整理，但這時夏之目課長突然視線望向遠方說道。我轉頭一看，馬路對面亮著照明燈的一群人映入眼中。

在封鎖線那邊的隊員剛才與我聯絡，說媒體想要進入封鎖線。

「跟他們說，敢進入的話就開槍哦。」夏之目課長如此說道，我面露苦笑地聽著。

「好像是嫌犯跟電視台聯絡呢。」

「怎麼說？」

「他們說，嫌犯叫他們現場轉播。」

以無線電說話的隊員身後，傳來有人以強硬的口氣嚷嚷著「我們有權利進入」的吵鬧聲。

「稍等，我確認一下。」課長關掉無線電，馬上以手機聯絡嫌犯。

等沒多久，嫌犯馬上接起電話。可能是在觀察我方會如何出招，所以他並沒出聲。

「我是宮城縣警總部的夏之目。」

「找到人了嗎？」

「我們正極力找尋折尾。很抱歉，希望能向你確認一件事。剛才電視台的人到了，他們說，你主動聯絡叫他們現場轉播。」

「沒錯。」

「啊，真的？」課長以意想不到的態度，發出破音。

「我要他們在電視上清楚播放這戶人家的情況。用攝影機從你們所在的位置拍攝。對了，不要派直升機來。因為聲音如果太吵，當你們輕舉妄動時，我會聽不到聲音。不過這家人一直提出請求。」

「什麼請求？」

「不要公布他們的個人資訊。現今這個時代，資訊會一直遺留下來。如果用名字加以搜尋，在建議搜尋下，會出現『人質』這個字眼。」

「如果搜尋你，會出現『嫌犯』。」

「總之，他們希望別向媒體透露太多。」

「我也想這麼做，但就算我叫他們別寫，他們還是會展開調查，這是他們的工作。也許你找他們來是一大失策。」

「就算公布他們的個人資訊，我也無所謂。我只是想從電視上得到資訊。」

電話就此掛斷。

「對嫌犯來說，跟電視台聯絡或許是個妙計。」在以往的事件中，也有嫌犯要求「別轉播，不要拍我」。

「為了獲得資訊，可以加以利用，這是事實，而且電視台往往會大動作地向世人提供我們想保密的資訊。」

「他該不會是電視台的同夥吧？」我這當然是玩笑話。電視台這些媒體相關人士，雖然有時候是很麻煩的角色，但就另一方面來說，他們確實會帶來重要的消息，雖然我們彼此常有利害衝突，但在「想讓世界變得更好」的這個最終方向上，我們大家都一樣。不，我相信是一樣的。不太可能為了炒收視率而引發事件。

「春日部，待會兒我比個信號，你就在媒體面前這麼說。」

「咦！」

「說你們該不會是同夥吧。」「他們會生氣的。」「所以才叫你去說啊。」

我來到緊貼著封鎖線的媒體面前，向他們說明道：「我們想以保護人質平安做為第一優先，請各位配合。」但他們似乎忙著設置播放器材，充耳未聞。看他們把我說的話當耳邊風，我再次出言提醒：「這可是關係著人命啊！」試著加以施壓，但還是一樣的反應。當我是那個在音樂會開演前，向觀眾說明注意事項，看了很礙眼的承辦人是嗎？

「嫌犯手中有槍，請不要輕舉妄動。」夏之目課長語帶威脅地大聲說道，這招果然激起了大家的警戒心，眾人皆為之一震。

接著課長向媒體解釋，說嫌犯的資訊正在搜查中，至於人數和人物特質還一無所悉。他還向媒體請託，說挾持事件的被害人有可能會遭受二度傷害，所以希望不要報導被害人的姓名，住家也盡可能在沒明確出示的方式下報導。

「不過，你可有掌握什麼消息？」媒體朝他逼問。

這問題很難應付。如果口風太緊，會引來反彈，他們會回一句：「既然這樣，那就不指望你了。」然後開始自行找消息。得想辦法讓他們認為我們彼此是互助的關係，讓我們發揮團隊精神，一起追求我們的光榮吧。

關於這點，課長當然比我還了解，所以他針對警方得到的通報內容做說明。

「你的意思是說，人質曾偷偷打電話來是嗎？」

「是看準了機會，」課長一臉感佩地點著頭。「拚了命那麼做。」他說得好像親眼目睹當時的情況似的。「不過很遺憾，馬上就被嫌犯發現了。」

當我們離開現場，回到原來的場所時，走在我身旁的課長悄聲說道：「原本我們也沒掌握什麼資訊，所以能坦白這樣說，真是輕鬆多了。根本沒什麼好隱瞞的。」

「而且嫌犯也要求我們不要公開太多細部的消息，這也很容易開口要媒體配合。」

因為嫌犯要大家別報導，所以拜託配合，否則要是人質出了什麼事，該怎麼負責呢——只要此話一出，媒體也會自我約束，不敢四處採訪。雖然不清楚他們是否會徹底信守承諾，但至少踩了煞車。因為要是發生意想不到的事，會有責任歸屬問題。

這社會上能讓人們約束自己行動的，不是法律也不是道德，而是利害評估。

大島從某處走近。他似乎一抵達後就為了引導周邊居民避難和蒐集消息而四處奔忙，喘息不止。

「知道那戶人家的事了嗎？關於佐藤家，房屋仲介怎麼說？」

「我和他們聯絡過。當初買下新房的人好像換過一手，聽說是因為派駐到國外，而當作二手屋售出。」

「後來是佐藤一家買下嗎？」

「在下達避難指示時，我也跟周邊的住戶詢問過這件事，但可能是因為他們和鄰居幾乎沒什麼往來，所以打聽不到什麼消息。」大島說。

「一點消息都沒有？」

「有人說，看過他們家的兒子大白天就在路上閒晃。聽那名女子說，他們的兒子好像沒在打工賺錢，還說他是個沒用的兒子。」

「對父母來說，是個寶貝兒子，所以他可說是沒用的寶貝兒子。」夏之目向個性單純質樸、為此忿忿不平的大島如此安撫道，不過我從他這句話的背後感覺到一股陰鬱、落寞的音色。聽起來就像在悄聲自言自語道：「只要能活著，就算是這樣也無妨。」

他是否想起了自己的妻女呢？從他的表情一樣看不出來。單就外表來看，他像是個擁有自我意識的普通人，但如果進入他內心，會發現裡頭空空如也。這就是此時我眼前的夏之目課長。

「話說回來，這位沒用的長男這次施展美技向我們通報呢。」

「只不過，美技向來都會惹惱敵隊。就算嫌犯就此發火，惹出大事來，也不足為奇。這次可以說是運氣好。」

「的確。」因為採取勇敢的行動，而引發致命的事態，這也不無可能。

「和鄰居沒往來的一家人是吧。」夏之目課長別有含意地說道。

「怎樣嗎？」

「不，我只是在想，佐藤家或許有什麼狀況。」

「或許有？應該說已經有才對吧。因為他們屋裡有個挾持人質的嫌犯啊。」

大島一本正經地說道。

「因為和別人沒往來的人家，往往會變得自我膨脹，使得父母或孩子其中一方擁有過大的權力。而這次的挾持事件也可能是親子爭吵或夫妻爭吵所演變的結果。」

哦～我點頭表示認同。

一般人們所說的紛爭事件，趕到現場一看，才發現是親子或兄弟姐妹間的家庭紛爭的延長，這種事過去也曾發生過。

「明明是親子爭吵，但搞到最後，卻得扯謊說是『有一名挾持人質的嫌犯』。等到事情鬧大時，實在是慘不忍睹。或者該說，已經闖下大禍了。」大島朝媒體聚集的地方望了一眼。「他還自己找電視台的人過來，就算是要演一齣鬧劇，但他這樣根本就是把自己逼上絕路。」

「或許吧。不過，假設是父親動用暴力，引發出乎意料的嚴重事態好了。為了佯裝成是別人下的手，而把事情變得很複雜，不也是有這種情況嗎？」夏之目課長話才剛說完，便又馬上否認道：「算了，是我想多了。」

之所以用「出乎意料的嚴重事態」這樣的抽象說法，並不是因為課長想不到適合的例子，而是他避諱說出「有人喪命」這樣的可怕話語。

為了隱匿家中發生的偶發事故，而刻意捏造事件，雖然稱不上常見，但也確有其事。

「抱歉，把我剛才說的忘了吧，我只是有點在意罷了。繼續蒐集佐藤家的相關消息。」夏之目課長如此吩咐時，另一名隊員打電話來聯絡。「找到折尾了，是照片中的男子，我這就帶過去。」

我與課長互望一眼。沒想到這麼快就找到了，我鬆了口氣。

雖然對鬆了口氣的春日部代理課長有點過意不去，不過現在還是暫時先切換一下畫面。因為那名隊員要帶人上車前來現場，還得花一些時間。

想必各位已經發現，夏之目課長懷疑「這起挾持事件背後，該不會是因為佐藤家的親子爭吵吧」，他的猜想與實際有落差。那位喜歡生存遊戲，應該稱呼他「男性荷爾蒙先生」的父親，雖然平時在家中操控一切，但這時候他並未惹事，而那名外來的入侵者兔田，也是確有其人。

然而，夏之目的直覺也並非一無是處。因為他猜想「佐藤家或許有什麼狀況」，這句話倒也沒全然落空。這家人有狀況，他們瞞著某個秘密，讓這起白兔事件變得很複雜。

電視台開始轉播。

而看到這場轉播的人有什麼感想呢？讓我針對這點稍做描述吧。比起描述一名陌生的觀眾，還不如選個和這起事件有關聯的人物來看這場轉播比較好，所以目前在房裡看電視的是這兩人。

「這起事件鬧得好大啊。」今村在電視機前重新正坐。

「幹嘛得這樣跪坐著看啊。」中村雖然講得一副很嫌麻煩的樣子，但還是端正地跪坐在今村身旁。

電視畫面中映出現場轉播這四個字，上頭提到這是發生在仙台市內的挾持事件。

「仙台因為這樣而出名，實在教人高興不起來。」

「就是說啊。」

「一旁的是警察嗎？」中村伸長手臂，指向站在畫面中央的播報員左側一帶，那裡看起來擠滿了人。

「應該是大家聚在一起擬定作戰計畫吧。」

「真辛苦呢。」

「中村老大，身為竊賊的你說這種話恰當嗎？」今村莞爾一笑。

「你自己想想嘛，這起事件本身和他們並無直接關係。又不是自己家遭受損失，就算這起事件沒解決，他們也沒影響。但他們犧牲自己人生寶貴的時間，這麼賣力，教人忍不住寄予同情。」

「啊，這我懂。每當有地震發生，新幹線的維修科人員不是都會檢查鐵路嗎？不管是深夜還是下雨。又不是自己犯了什麼錯，這真的很偉大。」

「就是說啊，總結來說……」中村完全忘記前幾天自己才對黑澤說過：「不准用『總結來說』這句話。」也許是他已感染了黑澤的口頭禪。

「這就是工作。」

「工作真的很辛苦。也許像我們這樣，想要輕鬆過日子，而不從事正當工作，才是錯的。」

「尚先生也說過。」

「《悲慘世界》是嗎？你還真的讀過，真了不起。」

「不過這花了我五年的時間。尚先生對想要偷竊的人說教。」

尚萬強確實說過，他向人曉以大義道——覺得工作很辛苦，而改走偷盜之路的人，等在前頭的將會是做為刑罰的勞務！你想要輕鬆，但結果卻是吃苦，所以快點金盆洗手吧。「而且之前電視上播過武士蟻的紀錄片，武士蟻會襲擊其他蟻巢，搶奪其蟻卵和幼蟲，成為自己的奴隸。真的很過分。我看了很生氣，但這不是和到別人家偷東西的我們沒什麼兩樣嗎？」

「才不一樣呢。」中村這時採取嚴厲駁斥的口吻。

「咦？」

「今村，你聽好了，別拿撂奪奴隸的螞蟻和我們相提並論。」

「可是螞蟻也……」

「牠們沒惡意。倒不如說，牠們就是這樣的生物，所以這也是沒辦法的事。不過，就連我們也反對奴隸制度。」

今村覺得有道理，很用力地點頭。

這時電視畫面中的播報員一面在意身後的狀況，一面說道：「好像有什麼動靜了。」

「怎麼了、怎麼了，發生什麼事了？」中村往電視畫面窺望。「終於有行動了嗎？」

播報員的聲音略顯激動地說道：「似乎是嫌犯要求警方送餐，所以現在正要送去。」

「他看起來好像很興奮。」

「這也是他的工作，每件事都算是工作的一部分。」中村似乎是跪累了，就站起身。

「事後我一定會挨黑澤先生罵。」今村一臉落寞地垂落雙肩。

「不過，你又沒叫他去那戶人家。」

「話是這樣沒錯，但歸咎起來，就是因為我先跑錯房子，黑澤先生才會進入這戶人家。」

「誰都會犯錯的。」中村之所以這麼說，不是因為想展現自己的寬大和溫情，而是希望今村能原諒他一路犯下的種種疏失。

真是的，為什麼會變成這樣？黑澤在手腳受縛的狀態下暗自思忖。在他的人生中，他自認時時想的都只有現在，不是過去也不是未來，也就是說，對於自己未來的設計，他刻意保持距離，不讓自己後悔或反省，但現在處在這種麻煩的狀況下，仍不免感到懊惱。

當初要是別理那一兩張紙就好了。

今村把那寫有但書的便條紙遺留在隔壁的住家裡，還講得臉不紅氣不喘，黑澤因而前往取回。今村說，如果是不小心掉落，那應該是在二樓，黑澤相信他這句話，就此手腳並用，勾住屋子後方的圍欄以及固定冷氣室外機和導雨管的金屬配件，一路上到了二樓陽台。這項工作幾乎可算是黑澤的本業，所以可說是家常便飯，而進入室內也同樣不費吹灰之力。

他馬上就看到了紙張。拿起來放進口袋，正準備和進來時一樣，從陽台離開時，傳來有人快步從一樓走來的聲響。他知道屋內有人，所以對此並未太吃驚，但他萬萬沒想到對方手中有槍。

「果然藏在這兒。」對方雙眼一亮，持槍對準他。由於對方一臉認真，顯得神情緊繃，所以黑澤馬上明白，現在絕對不適合反抗。

此時反抗並非良策，他決定乖乖聽話，以度過難關，對方叫他舉起雙手，他就乖乖照做，叫他趴下，他便依言而行，接著對方問他：「你是這家人的父親對吧？」他也回答：「是的。」

黑澤研判，比起很不識相地說出實話，還不如假裝成是父親，既然對方會這麼問，表示此刻這家人的父親就算出現在這裡也不奇怪，而且這樣也比較不會惹出問題來。

之後對方命他站起身，一會兒要他躺下，一會兒又要他站起，顯得很慌亂，雖然心裡詫異，但他還是乖乖聽從。

現在他開始後悔了。早知道會走到這一步，當時就算對方拿槍比著我，也不該乖乖聽從，應該全力抵抗逃脫才對。

男子遲遲不願離去，而且明顯透著焦急，這樣就麻煩了，有可能會變得更加麻煩，黑澤不禁產生不祥的預感。為了早點打破僵局，剛才他才會說「我撿到一個背包，放在上面」，帶那名男子走上二樓。

一開始從陽台走進屋內時，他就發現那間像是書房的房間。他就是在那裡發現那張但書，但基於職業的習性，他很在意滑動式的書櫃，實際觸摸後發現深處的書櫃裡頭擺滿了空氣槍、迷彩頭盔、護目鏡、無線電對講機，以及像是手榴彈的東西。雖然玻璃門上鎖，無法取出，但仔細看就會知道那不是真品，而是當嗜好的玩具。

這名男子要是看了書櫃，肯定會大吃一驚，我就能趁機加以壓制。黑澤如此盤算。雖然黑澤的專業是闖空門，但扭傷對方關節的技巧，他早已具備，就算雙手受縛也能施展。

他的企圖一直到半途都很成功。他帶男子來到二樓，讓他滑動書櫃，就此大吃一驚，到這裡都很順利。但就在壓制住對方脖子，即將讓他昏厥時，對方竟然展現超乎預期的力量。

而更讓黑澤意外的是，人在一樓的那名兒子竟然想打電話報警。

結果對方又將槍口比向那對母子。雖然黑澤不是真正的父親，但他們要是這時候挨槍，事情可就嚴重了，所以他不能抵抗，最後只能再度被捆綁，一切又回到了原點。

真是的，我到底在幹什麼？

他望向左側，發現那名兒子從剛才起就一直朝他投以熱切的目光。

你是在替我們製造機會對吧？你是站在我們這邊的吧？雖然失敗了，但我剛才報警的判斷沒做錯吧？

那名兒子就像這樣說道。

真是連要嘆息都沒辦法，我只是前來拿回我工作用的但書。

那對母子都沒說出黑澤是「不認識的陌生人！」。一開始與他們目光交會時，黑澤朝他們使眼色，要他們裝蒜，也不知道是否成功傳達，他們都配合他說的話。

儘管如此，終究還是無法一直騙下去。

電話聲響起。擺在桌上的手機鳴響，男子一把拿起手機，朝液晶螢幕上的來電者名稱看了一眼，問道：「爸爸是誰？」

爸爸就是爸爸。

黑澤腦中浮現這樣的重複句。

這家人的父親？這下糟了。當他腦中閃過這個念頭時，手機湊向耳邊的那名母親，在聽過電話那頭的人說的話之後，回答道：「老公，很抱歉，我待會兒再回撥給你。」

老公？

黑澤腦中浮現問號。看得出來，男子也是同樣的想法。

她說老公，到底是在叫誰？

從口吻聽來，那明顯是對自己丈夫的稱呼，所以男子詫異地側著頭望向黑澤，也是理所當然，因為就他的認知，黑澤就是這位母親的「丈夫」，但這位母親也以猛然驚覺的神情望向黑澤，所以更加顯得不自然。

掛斷電話後，她臉上清楚寫著「糟了」。她望著黑澤，就像在說：「我說了不該說的話對吧？」

男子走近，粗魯地一把扯下黑澤嘴上的膠帶。

「你……」他的嗓音嘶啞。

黑澤以更大的聲音加以蓋過。「妳說，那傢伙是誰！」他決定朝一旁勇介的母親大罵。「喂，剛才的電話是誰打來的？妳叫誰老公？」在對方逼問前，先發制人，責罵那名母親。自己明明是個不相干的陌生人，而且還擅自闖入，要像這樣責問她，實在是沒道理，但黑澤顧不了那麼多。現在最重要的，是度過眼前的難關。

「你才是呢，你到底是誰？」男子以槍口輕戳黑澤。「喂，剛才那通電話是誰打來的？」他同時也質問那名母親。

母親支支吾吾。

黑澤也大聲嚷嚷。「剛才那個人是誰？妳口中的老公是誰？」他蹙起眉頭，加以責問。一會兒假裝害怕，一會兒假裝生氣，今天老是展現我平常不熟悉的情感，他在心中冷靜地如此思考。當人丈夫的，是否真的會像這樣怒氣騰騰地對妻子的電話發飆，他連這個也不清楚。「喂，到底是誰？快說！」連他自己說出的這番話，都感覺有點滑稽。他甚至開始反省，覺得自己演得太過火了。

「喂，你不是父親嗎？」槍口對準黑澤。

「我是父親。」雖是說謊，但黑澤還是很堅決地應道。

雖然我沒有孩子，但正如同「失敗為成功之母」一樣，或許也有「小偷為防盜裝置之父」這句話，既是如此，我這樣也不算是說謊吧，黑澤如此說服自己。他心想，每個人不都是什麼什麼之父嗎？

「那麼，剛才打電話來的是誰？」這次槍口改移向那位母親。
「我是孩子的父親。這是怎麼回事？發生什麼事了？」
那名母親嘴巴發顫，沉默不語。她不是沉默，而是不知該如何回答，知道絕不能說真話，但偏偏不說話對方又會開槍，兒子將會挨槍，想必是眼前困難重重的狀況而令她腦中一片混亂。她可能過不久會口吐白沫，就此昏厥。
她可能是再也無法按捺，開口道：「是……是我先生打來的。」
「也就是說，是這屋子的父親打來的？」男子向那名母親確認，並不時瞄向黑澤。
男子槍口用力抵向黑澤的頭。感覺得出來，這不是為了施加恐懼，而是為了化解他自己心中的混亂，而想將一切的元兇擰碎。「那麼，你到底是誰？」
那名母親一臉擔憂地望向黑澤。
「喂，他不是父親對吧。」男子向母親詢問。
「不，我是父親。」
我一定是什麼什麼之父。
男子用腳輕輕按住勇介。「喂，快說，這傢伙是誰？」
勇介的嘴巴貼著膠帶，只能發出含糊的聲音。

這到底是怎麼回事？接下來會變成這樣？黑澤只知道，事情變得相當棘手。

「來了嗎？」在佐藤家前方，隔著一條馬路，站在這一側的春日部代理課長，望著ＳＩＴ隊員從後方走來，如此低語道。

「他就是折尾嗎？」夏之目課長說。他講得一副很感興趣的樣子，但他本身並不是很感興趣。

如同先前春日部代理課長所說，夏之目自從妻女亡故後，便失去情感，一直都在扮演昔日的自己。

不過，夏之目課長的內心當然沒有完全喪失，再過不久，應該會有展現他內心情感的激昂場面。

接下來還是以春日部的視角來說明眼前的情況吧。

折尾在隊員們的包圍下，帶到我們面前。

「是我找到的。」隊員挺起胸膛站向前，得意洋洋。

見他那邀功的模樣，我面露苦笑，但夏之目課長表情不變，就只說了一句：

「真虧你找得到。」

「是當我四處尋人時，一名路過的市民告訴我的。她說，附近大樓的入口處有一名陌生男子。就在封鎖線前方，那裡沒有地方可以藏身，他就這樣四處遊蕩，我一靠近，他就跑了。」

「你是折尾先生嗎？」我問。這麼輕易就找到人，未免太過幸運，我甚至懷疑會不會是隊員找錯人了，但那名身穿西裝、戴著眼鏡的男子回答道：「是，我就是。這到底是怎麼回事呢？」

面對警察，而且不清楚自己目前所處的立場時，有人生氣，有人沉默，有人害怕，也有人變得話特別多。

他是屬於話多的那種人嗎？

「啊，我姓折尾，全名是折尾豐。」我還沒問，他自己便開始說明。「我名片剛好發完。」

他說的話透著可疑，我開始在心中猜想，雖說他是一名諮詢師，但也許還不算正式的諮詢師。「聽說你是位諮詢師？」

折尾沒馬上回答。「啊，算是啦。」語帶含糊。

「難道不是嗎？」我語氣強硬地反問後，他又模糊不明地回答道：「啊，不，這是怎麼回事呢？我突然被帶來這裡，完全搞不清楚狀況。」想用提問來改變情勢。

這個男人與挾持犯有什麼關係？

是被捲進這起案件中，值得同情的一般老百姓？還是嫌犯的同夥？或是關係人？簡單來說，他到底是不是正經的人士？是想靠近我們警方，還是與我們保持距離？我想知道這一點，但是從男子的反應中，完全看不出端倪。

「你為什麼在大樓入口處徘徊？是想躲著誰嗎？」我決定先發問再說。

「你是說我在躲嗎？嗯，可以這麼說。因為覺得有點危險，如果可以，我想待在安全的地方。」

「怎樣的危險？」

「這說來話長。」

「長一點也沒關係。」

他馬上接話道：「不，雖然你這麼說，但感覺這也不是三言兩語就能說明清楚。」他一直顧左右而言他，毫無內容而言的答覆。

話多的人向來都膽小，如果我方一臉兇樣地逼問，他們往往都會無法招架，但這位叫折尾的男子倒是出奇地冷靜。難道他早習慣在危險的圈子裡打滾？

「總之，請您跟我們來，嫌犯一直在找您。」夏之目課長以客氣的用語應對，擺出低姿態。課長常說，姿態放低比較容易衝撞。

我和大島分別站在折尾兩旁。

雖然他和這起事件無直接關係，但他也可能從事非法的工作。要是他不想待在警察身邊，而就此逃走，那我們可就傷腦筋了。

「去哪裡？哎呀，真可怕。要是你們能再說明清楚一點就好了。」

讓折尾進入車內，成功沒讓媒體相關人士發現，我鬆了口氣。其他隊員應該也和我一樣。

「折尾先生，不好意思，我這就打電話給嫌犯。因為嫌犯要我們找出您，讓您和他說話。」夏之目課長解釋道。

「電話？那名嫌犯是誰？」

「你心裡完全沒譜嗎？」

「沒有。對方是男是女？」

「是男性。」

「為什麼我非得和他講電話不可？請別把我捲進去。將毫無關係的一般百姓捲進這種事件中，警方允許這種事發生嗎？」
「你不見得完全無關。」
「咦，這話怎麼說？」
這時，夏之目課長神情平靜地操作著手機。「我是夏之目，讓您久等了，我們找到折尾先生了。」他開始和嫌犯對話。折尾雙目圓睜，表情慌亂。「等一下。」他如此說道，往後退卻，我攔住了他。
夏之目課長不予理會，向嫌犯說明道：「就像你說的，他人就在附近，躲在大樓入口處。」
從手機喇叭處傳來嫌犯的聲音。「讓他跟我說。」
夏之目課長把手機遞給折尾，雖是若無其事的動作，但折尾可能是感受到那不容分說的壓力，沒任何違抗。
「喂，是折尾嗎？」嫌犯說。
折尾望向夏之目課長，就像是個忐忑不安、緊抓著母親不放的少年般，無聲地用嘴形說道：「我該怎麼回答？」他一臉憔悴的神情，托著眼鏡。夏之目課長刻意不與他目光交會，應該是想知道折尾會有何反應吧。
「呃，請問您是哪位？」折尾禮貌周到地詢問。

明明聽不到聲音和呼吸，卻感覺得出電話另一頭的男子笑了。「真的是本人嗎？你提出證明。」

折尾暗啐一聲。「提出證明？等等，是你把我找來，現在又要我證明我是本人，未免也太任性胡來了吧。我不懂你的意思。可以請你把話說清楚嗎？」

「你明知故問，少裝蒜了。」

「你這樣說，我還是不懂。」

「好了，你告訴我，你叫什麼名字。」

「我姓折尾，折尾豐。」

「喜歡獵戶座的折尾老弟。如果你是本人的話，試著說點和獵戶座有關的知識來聽吧。」

折尾雖然慌亂，但臉上卻泛起怒氣。「真沒禮貌，你這是在耍我嗎？」

「你說就對了。如果你是折尾本人，應該很清楚獵戶座的事才對。」

嫌犯突然冒出「獵戶座」這個名字，令我疑惑不解，但我插不上話。夏之目課長一直面無表情，大島則是納悶地蹙起眉頭。

「獵戶座有兩顆一等星。分別是Betelgeuse（參宿四）和Rigel（參宿七）。」

折尾以不太情願的口吻說道。

「很好。」嫌犯的聲調略微提高。光這句回答，似乎就已相信他就是折尾本人。「看來，我似乎可以斷言，你好像就是本人。」

「這是哪門子說法。」

「諮詢師的說法。」

「你是在耍我嗎？」

「你知道為什麼大家都在找你吧？你膽子也真夠大的。竟敢做這種事。總之，我得帶你走才行。」

竟敢做這種事？帶他走？走去哪兒？我只能緊盯著折尾，不放過他臉上任何的表情變化。

「喂，你叫夏之目對吧？課長先生，你在聽嗎？我現在馬上要以這裡的人質和折尾交換。」

夏之目課長從折尾手中接過手機。「拿折尾先生和那邊的人質交換？」

「交換這一家人，不行嗎？」

「哪會不行呢。」夏之目課長馬上回應。對於嫌犯的提案或要求，絕不能以否定的話語回覆。這是交涉班的基本原則。挾持犯聽到「不過」、「可是」這類的接續詞，而就此火冒三丈的案例不少。接受對方說的話，是第一要務。

我窺望折尾的表情。他一面撫摸眼鏡的腳架，一面露出驚訝之色。也沒和他商量，就直接談到交換人質的事，所以也難怪他會有這種反應。我突然想起學生時代念過的《跑吧！美樂斯》。故事開頭，美樂斯即將被狡詐殘暴的國王所殺，於是他說：「我想替妹妹舉辦婚禮，希望能給我三天的自由。我會請我朋友塞里努丟斯代替我留在這兒，如果我違背約定，請殺了他。」在塞里努丟斯不在場的情況下，擅自做出這樣的承諾。而成為人質的塞里努丟斯如果是自己說「我願意代替他，所以請讓美樂斯去吧！」那倒還情有可原，偏偏美樂斯是自己擅自與國王交涉，對於這種任性的作為，我當時心想：「塞里努丟斯，這樣你竟然不會生氣？」對他大為佩服，而現在折尾所處的狀況也有幾分雷同。完全沒詢問他的意願，便直接討論起交換人質的事。

「該怎麼交換呢？」夏之目課長邊說邊對折尾做出手掌朝下的動作。課長在向他傳送訊息，要他冷靜，不要緊張。我也隨手在手邊的紙上寫下「這是交涉」。我甚至很想補上一句：「我們不像美樂斯那麼胡來。」

「叫折尾送餐過來，自己一個人來。等折尾進入屋內，我就釋放這一家人。」嫌犯說。

「了解。你要什麼樣的餐點？」夏之目課長馬上詢問。「該為你準備怎樣的東西呢？

「你能準備出什麼餐點？」

「什麼都行……雖然我很想這麼說，但最簡單的應該就是便利商店的便當或飯糰，畢竟時間有限。」「那就給我飯糰吧。」「多少個？」

嫌犯沉默片刻後說道：「十到二十個。不，再多一點。只要飯糰就夠了，不需要其他多餘的東西。」

飯糰裡面加什麼好、要用塑膠袋裝還是扁平的盒子裝、飯糰裡的配料選什麼好、要鱈魚子還是鮭魚口味，夏之目課長逐一確認，這當然是為了爭取時間。

「要是你們有任何可疑的舉動，人質就會沒命。」嫌犯最後做出這樣的結論。「在三十分鐘內準備好，準備好就打電話過來。」

結束與嫌犯的對話後，折尾向夏之目課長抗議道：「等等，我會成為人質嗎？怎麼會這樣，完全沒跟我說明就這樣做。」

「您也聽到的，是對方點名您。」夏之目課長半開玩笑地說道。「我才希望您跟我說明呢。」

「說明什麼？」

「您和嫌犯的關係，他好像很清楚您的事呢。」

「那是他自己的片面之詞吧？」折尾的反應顯得很生硬，但這是因為他裝蒜，或者單純只因為害怕而心生慌亂，我實在無法判斷。

「還包括獵戶座的事。」

「認識我的人都知道，我很了解星座，尤其是獵戶座，所以他或許是從哪裡得知這個消息。」

「剛好是獵戶座，未免也太巧了。」

這時折尾突然板起臉孔，這可說是打從剛才見面到現在，他表情最嚴肅的一次。「你可別小看獵戶座。它可說是最有名的星座呢。」

「它是柄杓形嗎？」大島問。

「那是北斗七星。」折尾馬上加以否定，所以我不得不說：「好像不太有名呢。」

「不，我希望你們仔細聽我說。」可能是我們的反應啟動了折尾講解欲的開關，他伸舌舐脣，像在朗讀一篇寫好的稿子般，開始說道：「只要以獵戶座的形狀來套用，可以了解很多事哦，例如說……」他此話一出，馬上從口袋裡掏出一張紙，眾人過了一會兒才認出那是仙台市地圖。「如果以仙台車站當起點……」不知何時他又掏出一支細簽字筆，想在上頭標示。

「行了。」如果不是夏之目課長冷冷地加以制止，他恐怕就開始在地圖上畫起星座了。「折尾先生，現在情況分秒必爭。人質有生命危險，我希望你把自己知道的一切全部告訴我們。」

折尾可能是對獵戶座以外的事一概不想多談，頓時顯得意興闌珊。「這種事，應該沒必要說吧。」

「喂喂喂，你別開玩笑了。」大島以彈舌音粗聲粗氣地說道。「你有沒有搞清楚狀況啊？這關係著人質的性命，不是你一句我不想說就可以了事。」

「和我又沒關係。」

「我們可不這麼認為哦。」我實在無法默不作聲。在這種情況下要覺得事不關己，反而才困難。「嫌犯挑明著點名你。」

「可是，我完全不清楚這是什麼狀況，根本不知道我該怎麼做。」

「怎麼可能和你完全無關呢？」大島又發飆了，夏之目課長像在安撫馬匹般，頻頻對他說「好了、好了」。

「折尾先生，你聽好了，人質現在仍忍受著恐懼，可以請您助我們一臂之力嗎？」

「你的意思是，要我當人質，忍受那樣的恐懼是嗎？你說的話我當然明白。

各位的辛勞，以及所處的立場，我也能理解。不過，身為一般老百姓的我，有必要這樣冒險犯難嗎？」

折尾的說辭當然也不無道理。如果真要我說的話，其實我心裡想的是：「折尾八成和嫌犯有關聯。也就是說，他不是普通人，而是在犯罪者的世界討生活的人。說得更明白一點，他或許和這起挾持事件有點關係。既然這樣，比起毫無關係的一般百姓，他更應該當人質。」當然了，這些話我不能說。就算折尾與嫌犯有關聯，我也不能說這種話。因為人命不分貴賤，一樣重要。

「我當然不會讓折尾先生您當人質。不過，如果您不送餐過去，嫌犯可能會動怒。一旦他動怒，人質就會有危險。」

「請你仔細想想。」折尾語氣變得強硬。「那戶人家應該有食物吧，你不這麼覺得嗎？因為那是一般家庭。」

經他這麼一說，確實有道理。

「也就是說，這是他的藉口，為了把我拉進去。」

或許的確是如此。

過了一會兒，有隊員打開車子的滑門，從外面探頭。「剛才的電話，已確認過位置，似乎確實是從那戶人家發出。」

折尾猛然抬頭。「反向探測？你們刻意查探挾持事件的嫌犯打來的電話？」他的口吻顯得很意外。

我明白他為何會感到疑惑。他應該是心想，既然是挾持事件，那不就一定是在屋裡嗎？不過，也得假設嫌犯是從別的地方打電話來。雖然可能性不高，但也不無可能。

雖然常會被誤會，不過現在已沒必要像老舊的刑事劇裡所演的那樣，說一句「要盡可能拉長通話時間！」來對電話裡的嫌犯展開反向探測。不同於類比時代，現在已是數位化的時代，電話在透過電信公司傳出的同時，一切都已留下紀錄。從什麼地方撥打、手機是連接哪個基地台，這些都有紀錄，不必反向探測。也就是說，現在比較麻煩的，就只有「個人資訊保護牆」、「與電信公司間的文件往來」，不過在緊急狀況時，這些問題都能之後再處理。這次同樣也已經跟各通訊公司取得聯繫，為了能即時對應，擁有這方面權限的公司負責人應該已在公司內待命。

「嫌犯確定是從那間屋子裡打電話是嗎？」

「或許會有些許的誤差，但應該是沒錯。」

「警察的力量還真可怕。」

看折尾豐一臉感佩的模樣，著實教人傻眼，搞不懂他現在究竟是冷靜，還是心慌。

就在春日部代理課長傻眼的同時，於仙台港附近一處已沒人使用的倉庫，稻葉正用腳猛踢一名女子。

不該這樣隨便踢人或生物，而且還踢得若無其事，不存半點愧疚，所以稻葉實在不像話。

這名不像話的稻葉究竟是何方神聖？

面對這首次登場的名字，想必有人大感困惑吧。登場人物陸續增加，會導致故事混亂，不過不必擔心，各位對他並非完全陌生。先前已介紹過，他是以綁架當事業經營的那名集團創始人。

此人年近四十，五官深邃，外表給人一種潔淨感，就像一位新創企業的年輕社長般，帶有一股威儀。不，就算真的稱呼他是新創企業的年輕社長，應該也沒錯。當中的差異，就只是有沒有違法而已。我採取這種背景式的人物說明，或許重視文學性的人看了會嗤之以鼻，但我認為文學觀這種事因人而定，還是對稻葉的來歷做一番簡單的描述吧。

在東京都世田谷區長大的稻葉，活用他家庭富裕所帶來的優勢，不論是念書、運動，還是交友關係，全都很重視效率，一律盡可能以輕鬆的方式取得各種事物，就此成長。可能是他原本就有顆聰明的腦袋，在念書方面完全沒吃過苦，一路順利地進入知名大學就讀。

他對於《白晝的死角》[6]、《青澀時代》[7]這類不受世上的法律約束，從無知者和弱者身上斂財的故事很感興趣，這促使他日後深信「認真工作的人是蠢蛋」。

稻葉先從風靡一時的轉帳詐欺著手。

他判斷要騙人詐財，這是最適合的工作。

結果大為成功。

不管怎麼提醒大家要小心，一旦突然接到電話，聽到對方說「我是警察」，一般人都還是會不知所措。只要抓緊這樣的心態乘瑕抵隙，善加誘導，對方都會乖

6. 高木彬光的推理小說。
7. 連續劇名。

乖付錢。

雖然資金增加，但他還是一樣感到不滿。因為他還沒滿足。這一切都太簡單了。如果這麼簡單就能賺到錢，有人會認為這就是幸福。但他不一樣。他存有一種想讓別人多受點苦的念頭。

於是他開始做起綁架的生意。

綁架是重罪。正因為這樣，能做好這項生意，不就能證明自己的才幹嗎？這是他的想法。

事實上，他確實很有才幹，他善於找出能成為自己左右手的人才，加以組織化，並讓事業分工化、SOP化，失敗便給予嚴懲，讓人保持緊繃感。他盡情發揮自己原本便具備的智慧和施虐癖，展現出過人的成果，順利地壯大組織，讓人看了忍不住嘆息道：「這樣的才能如果能用在對世人有助益的事情上，不是很好嗎？」

為了獲得更大的收益，他開始和國外的集團交易，要不是事業內容違法，稻葉應該會出現在那些緊跟在成功人士身旁拍攝其日常生活的紀錄片節目中。

此刻稻葉人在倉庫裡，耳朵緊貼著手機說道：「沒問題的。」沒問題的，來得及，他一再重複這兩句話。

和他通電話的人，是稻葉組織裡的資深員工，是他的得力右手，雖然對稻葉來說，只當對方是他右手上的手指，但總之，對方就是如此值得信賴的男人，負責與國外接洽。對方說：「如果明天早上之前沒匯款的話就糟了。我這邊也在看電視，不過這麼一來，怎麼看都不可能趕上吧？他已經被團團包圍了。稻葉先生，您那邊也在看電視嗎？」

「嗯，我正在觀戰。」稻葉一面說，一面望向附近的工作檯。上面正以筆電播出挾持事件的電視轉播。

「被警方這樣團團包圍，兔田自己也無法脫身吧？兔田真是個笨蛋。」

「他如果不是笨蛋的話，就不會被利用了。不過，他跟我說，他會想辦法引開警方的注意，從中脫身，請再給他一些時間。」

「他說再給他一些時間，是指別對他心愛的妻子出手是嗎？」

稻葉朝被他打得鼻青臉腫的兔田綿子瞥了一眼，說道：「好個愛妻人士，真教人感動。」

他把電話貼在耳邊，走向牆邊那名被捆綁的女子，她正是兔田孝則的新婚妻子兔田綿子，稻葉狠狠朝她踢了一腳。她之所以沒大聲慘叫，是因為她已累得沒力氣叫了。

她雙手被綁在身後，套在手腕上的繩圈，以鎖鏈和牆壁相連。眼皮腫脹，透著瘀青，原本像松鼠一樣可愛的臉龐，腫了好幾倍大。

令人不忍卒睹的光景。

再也沒有比弱者遭強者折磨的場面更教人看了難過。實在是不想詳細說明這種令人難過的狀況，但為了傳達出這起事件有多麼迫在眉睫，也只能繼續描述現場情形了。或許這就像《悲慘世界》中，少女珂賽特的母親傅安婷為了女兒而賣頭髮、賣牙齒、賣身的過程一樣，必須加以描寫。不忍心看的讀者，就請瞇起眼睛看吧。

「稻葉先生，簡單來說，現在就只能等是嗎？兔田還沒找到折尾吧？」

稻葉朝擺在工作檯上的筆電望了一眼。除了播放電視的畫面外，上頭還顯示了地圖。上面映出仙台市「North town」的一個區塊，有兩個發光的白點，彷彿在說「就在這裡哦」。一個是兔田的機器，另一個是兔田放進折尾背包裡的機器。

顯示目標物位置的這兩個白點，在像是住處的場所近乎重疊。

「這是什麼時候搜尋的結果？」他向在場的部下詢問。

「剛才。」

包括智慧型手機在內，大部分的位置資訊發射器，只要從這裡展開搜尋，都可以得知其所在位置。如果什麼都不做，就只是望著地圖，則畫面上的那一點也不會改變，根本沒有即時性可言，那只是放著不管的先前所在位置。想知道對方現在的所在地時，必須時時進行搜尋，所以稻葉才會從剛才起就頻頻展開搜尋。每次他都抱持期待，看會不會顯示出離開那棟屋子的其他場所，但出現在他眼前的地圖，雖然會有些許的誤差範圍，但幾乎都沒任何變化。從電視上來看，挾持事件處於膠著狀態，所以這也是理所當然的結果，但望著地圖，還是不免焦急。

稻葉將嘴巴湊向手機。「之前兔田搜尋位置資訊，抵達這戶人家時，好像現場只有發射器。折尾折尾不在這裡。」

「會不會是躲在家中的某處？」

「這很難說，我吩咐過他要搜遍每個角落。」

「兔田打算怎樣找出折尾折尾？只要他不走出那個家，就無技可施吧。」

「他說會想辦法。」

「聽起來像是自暴自棄的說法。」

「我也這麼覺得。」有可能是眼看時間已趕不上，無法解救自己的妻子，乾脆一直拖延到最後一分一秒，讓稻葉發愁。會有這種想法和稻葉同歸於盡的想法，一點都不足為奇。「他就只是說，他有脫困的好方法。」

「在那種情況下？他可是被警方團團包圍耶。」

「他好像有什麼點子。」
「會是利用人質嗎？」
「也許是進行交易吧。他說差點被人質打傷喉嚨。每次說話時，感覺都快要出血了。他的聲音很沙啞。他好像還一度發火，差點就開槍了，但最後還是打消了念頭。」
「到底是怎麼回事？」
「他似乎還保有相當的冷靜。」
「相反的，他或許就只剩這樣的冷靜了。看來，該捨棄兔田這顆棋了。」
「要捨棄很簡單。」兔田現在成了挾持犯，太過顯眼，所以與他切割方是上策。也沒必要讓兔田的妻子活著，引來不必要的麻煩，但內心還是抱持一絲期望。
「不過，他說找尋折尾折尾一事已有了眉目。」
「你相信他的話？」
「他很有把握地說，只要離開那裡，就馬上能找到人，所以要我再給他一些時間。」
「這只是在爭取時間。」
「剛才在警方趕到之前，我跟他說，你或許能找到折尾。因為獵戶座底下是天兔座，只要天兔座一動，獵戶座也會跟著動。獵戶就得追天兔。」

「兔子是歐里昂的獵物，這也是我從折尾折尾那裡聽來的。」

「那個男人只要一聊到星座，也不管對方是誰，就說個不停。」

「如果他在仙台市的某處展開獵戶座相關演講，就能馬上找到他。總之，現在沒其他方法可以找出折尾，這也是事實，大可讓兔田再試試看。」

「如果他被警方逮捕，不是會把我們的事說出去嗎？」

「關於這點，我這邊也有防範。」他捉來了兔田的妻子。要是向警方說出不該說的話，妻子會有危險，這點兔田應該不難想像。「總之，我會再跟你聯絡。」

「啊，稻葉先生。」雖是若無其事地叫喚，但當中帶有一絲怯意。

「什麼事？」

「可以告訴我您的電話號碼嗎？一直等您的電話，很沒效率呢。」

「效率不會有多大的改變，我會主動打電話給你。」

稻葉很不喜歡別人打電話給他。

電話會無視於對方的預定計畫和意願，闖進人們的生活。如果不方便接聽，大可不予理會，但現在的電話都會留下來電紀錄。就算不講話，還是會有一股「等你發現後，再打電話過來」的壓力，所以這對不喜歡被他人控制的稻葉來說，難以忍受。為了讓對方明白自己的立場，他堅持每一次都是由他主動打電話。你們就好好等我打電話來吧。比起隨時都能通話的對象，只有特定時間才能通話的對象才會受人重視。

「不過，因為現在時間緊迫，沒那個閒工夫慢慢說。如果你有急事要報告，就寄電子郵件來吧，我收到會打給你。」

對方似乎感到納悶，為什麼打電話不行，寄電子郵件就行？於是稻葉先發制人，補上一句：「我想看的時候，自然會看郵件，有時也可以選擇不看。」雖是處在分秒必爭的狀況，但要是把電話號碼告訴對方，今後對方可能還是會自行打來。至於電子信箱，用過就丟比較容易。

掛斷電話後，稻葉朝手錶瞄了一眼。這只要價將近一千萬日圓的手錶，每次在看時間時，都能滿足他的自尊心，但在時間一分一秒逼近的此刻，看了只會令他更加心焦難耐。

筆電的螢幕上正播放著電視節目，由於不能老是播放挾持人質事件，已改播其他綜藝節目。他心中暗呼不妙，改切換其他頻道後，事件現場再度出現。

「現在這個時代，就連職棒比賽也很難以無線電視播放呢。」倉庫裡的兩名部下，其中較瘦的一人說。

倉庫內點著燈，光線明亮，但水泥地板感覺很冰涼。從地面傳來一陣低語聲，原來是兔田綿子顫動著她沾血的雙唇在說話。

「妳說什麼？」稻葉問。

「孝則會遵守約定的。」她說。

「啥？妳說什麼？」稻葉很刻意地反問。「我聽不到，妳再說清楚一點。」

「我說，孝則會來救我的。」

稻葉聳了聳肩。「哦，妳說兔田啊。我也希望是這樣，我也在等他來呢。」稻葉衷心期盼他能帶折尾折尾回來。

這可不是謊言。

我對兔田並無怨恨，雖然最近他有點鬆散，工作上常出錯，但還不至於恨他。就只是因為需要有人全力找出折尾折尾，我研判以兔田的新婚妻子來威脅他，最直截了當，而且有效。

「反正你也不打算平安放我回去對吧？」

「別把我說得跟騙子似的，之所以把妳帶到仙台來，就是考量到要把妳還給兔田，不是嗎？」

兔田綿子沒答話，但似乎也認為有點道理，接受了他的說法。的確，如果他沒有要交人的意思，只要在東京監禁我就行了。

「因為我想早點送妳回到兔田身邊，你們夫婦倆緊緊相擁的感動場面，我也想看啊。」

不用講也知道，說什麼夫妻倆感動的重逢場面，全是胡謅，之所以帶綿子來仙台，就只是為了稻葉他們自己方便。

幾天前，他接獲折尾折尾人在仙台的消息。在全國各地設有連鎖店的網咖，其伺服器管理員當中有稻葉的同夥，攔截到仙台店內客人的資訊。為什麼折尾折尾會跑到仙台去呢？經過調查後得知，折尾折尾國中有一段時期曾在仙台住過。很難想像他在仙台會有人脈，但或許他是想在自己比較熟悉的地理環境中避風頭。

稻葉馬上命兔田前往仙台，並告訴他，沒找到折尾折尾不准回東京。

不過，就算兔田在仙台找到折尾折尾，也很可能會提出要求：「在你們還我妻子回來前，我不會交出折尾。」到時候可沒那個閒工夫和兔田扯東道西，加以說服。也就是說，為了馬上交還他的妻子，以交換折尾折尾，只能將人質綿子帶來仙台，正因為有時間限制，絕不容許有半點差池，結果連稻葉自己都得親自出馬。

「要是孝則老弟能早點來就好了。」稻葉投以冰冷的眼神。兔田綿子的眼中重現生氣，他看了覺得很不順眼，又以鞋尖踢了她一腳。

折磨別人肉體的舒暢感在稻葉全身遊走，而另一方面，兔田綿子則因疼痛而表情扭曲。

令人覺得很不舒服的場面，看了心情沉重。

那痛苦的表情令稻葉大為興奮，他靠近綿子，賞她耳光。那腫脹的臉要是再打下去，恐怕會就此破裂。

稻葉突然想到一件事。

當兔田拚了命帶回折尾時，看到自己妻子這副慘狀，不知道會是什麼表情。不是叫你別對她出手嗎！兔田應該會很生氣。

但就算他再生氣也沒轍。

網拍寄來的貨物包裝就算再怎麼破爛，只要是無法退貨或更換的重要貨物，儘管心裡有十萬個不願意，也得默默收下。有時甚至只能在心裡想，能收到貨就該謝天謝地了。

就我而言，甚至還可以對他說一句——你不要的話，我直接處置掉。

想像自己可以見到兔田那憤怒和無力感夾雜的神情，稻葉喜不自勝。

仙台港口附近的倉庫，就是處於如此悽慘、絕望的情況。不，一時不小心對兔田夫婦產生了移情作用，不過冷靜下來仔細想想，兔田孝則平時都擄人送往監禁場所，淨幹這種沒人性的工作，而且完全不當一回事。他不是清白無辜的一般百姓，甚至可說是惡徒。我想先補充一點，各位大可稍稍移除「可憐」的念頭來看待他。附帶一提，綿子對兔田的工作內容一無所悉，所以對她則應該全力投注「可憐」的情感。

另一方面，在事件現場認真工作的春日部代理課長，現在情況又是怎樣呢？

我覺得這名叫折尾的男人實在很可疑。從見到他到現在，雖然也沒過多久，但總覺得這個人不可信賴，而這樣的人竟然也能當諮詢師，實在令人感嘆。怎麼看都不覺得像是一般人。儘管他被捲入挾持事件中，對此感到不知所措，但他滔滔不絕地說著：「有這麼粗暴的做法嗎？為什麼我要當人質？我從沒聽過這麼過分的事。這沒有法律依據吧？」模樣看起來相當高傲。這讓人有種強烈的預感，認為他該不會很習慣面對這類麻煩的情況吧。

車內已備有大島他們到便利商店買來的飯糰。依照嫌犯的指示，裝進塑膠袋內。

「如果你肯拿這個過去的話。」夏之目課長指著袋子。

「這樣……不會有問題嗎？」折尾面無表情地問道。「竟然讓一般市民百姓做這麼危險的工作。」

他說的沒錯，這樣確實有問題。就算是嫌犯提出的要求，讓一般百姓與嫌犯接觸實在太危險了。

「你的意思是，那些人質和我的價值不一樣是嗎？」

那是因為你並不是一般百姓吧——我很想這麼說，但強忍了下來。

夏之目課長說：「人質有三人，而折尾先生您是一個人。我認為這樣的買賣交換條件還不錯。」接著他又補上一句「開玩笑的」。「就我們來看，一般百姓全都一樣，都是我們得保護的對象。我們在看電影時，不時會看到為了解救被捕的同伴而深入敵區，最後失去更多同伴性命的故事，這樣根本就本末倒置。不過，我們也不能拒絕嫌犯的要求。雖然接受他的要求，但我也會盡最大的努力，採取能確保您安全的方法。」

「怎麼做？」折尾趨身向前。或許他是想說：「不可能辦到吧？」連我自己也在想，要怎麼做？

「比起說明，直接去做比較快。」夏之目課長話一說完，馬上拿起手機撥打電話。「也有這樣的情形。」

他要打給誰？正當我心裡這麼想，他已開口道：「我們已遵照您的吩咐準備好食物了，要用什麼方式運送呢？」

現場出現一段時間的空白。

交付物資的時機，同時也是我們的大好機會。

以足球或籃球來說，對方堅守自己的陣營，全神貫注時，會毫無破綻，找不出攻擊的機會。同樣的，挾持犯守在屋內時，也很難找到突破口。如果有的話，那就是出現不規則的行動時，而打開玄關出入口的時刻就算是其中之一。

嫌犯要取得物資會怎麼做？他的選擇並不多。

不是讓人把物品擺在門外，自己前去拿取，就是讓人運往屋內。

如果讓對方走進自己的勢力範圍內，就算只是一小步，也很可能會被強行撬開防護硬闖，所以一般都會自己前往拿取，也有嫌犯會派人質前去拿取。

「讓折尾拿著貨物到我這邊來，叫他走進屋內。」聽見犯人的聲音。

我與夏之目課長四目交接。

嫌犯的目的不在物資，而是搬運的折尾。嫌犯這次自己表明了這點，只要能拿人質交換折尾，他就滿足了。

就算同意讓折尾運貨，但要一路走到玄關內，實在太過危險，折尾應該會有去無回。

「這點或許有困難。」夏之目課長回答道。當拒絕嫌犯提出的要求時，無從預料會對對方的神經造成多大的刺激，所以令人緊張。

嫌犯似乎不以為意。「你聽好了，折尾和我們一樣，都不是什麼正派人士。從事的也不是什麼正經工作。相較之下，現在這裡的人質反而是與這起事件無關的一般親子。」

「我希望，你能夠同情這些和此事無關的親子們。」夏之目課長說。「可以嗎？」

「是他們自己運氣不好，和我一樣。」

「和你一樣是嗎？」

「以這幾名人質交換折尾，不管怎麼看都是個不錯的交易。就像我收下一隻只會帶來危害的老鼠，而歸還可愛的貓咪親子。」

「交出傑利鼠，歸還湯姆貓。不，比較麻煩的反而是傑利鼠呢。」

「總之，把折尾送過來我這邊。在門口敲門，我會打開門鎖。」

「我當然也想接受你的提議。」夏之目課長語氣平穩地說。「可是這麼做的話，會引發軒然大波。」

如果聽從嫌犯的要求，將一般百姓送往危險的屋子內，世人和媒體很可能會大肆批評道：「警察到底在幹什麼？要靠你們自己的力量去想辦法啊。」

世人和媒體！

我很想縱聲吶喊，這麼做會給世人和媒體帶來什麼困擾？如果是瀆職倒還有話說，但這也是我們為了盡可能將損害降到最低所做的決定，所以不管怎樣苛責，究竟是誰能得到好處？真是的。一股怒火在我體內不斷膨脹，我極力將它壓下。

可能是嫌犯也感受到這樣的想法，他說：「不過，你們也算很辛苦。明明是為了世人在努力，但世人和媒體卻置身事外，只會批評。」

「很高興你也有同感，我們大家現在正在互擦眼淚呢。」

我很擔心夏之目課長開的玩笑會激怒對方，但夏之目課長自己或許也是抱著賭一把的心情。所幸嫌犯也笑了。

「附帶一提，請容我做個假設。」夏之目課長說。「就算你成功用人質交換了折尾先生，之後你打算怎麼做？困守在屋子裡，終究也有其極限。我們早晚都會攻堅的。」

「就世人來看，折尾算是一般人。有折尾當人質時，要是警察攻堅的話，這樣會引發問題吧？」之後傳來咳嗽聲。「喉嚨好痛。」這聲音聽起來似乎很痛苦。

「話雖如此，我們也不可能一直等下去。」

「以後的事你不必操心，我只要讓折尾到我這邊就行了。」

「折尾先生會施展魔法，讓你從那裡逃脫嗎？」夏之目課長說完後，望向折尾。他可能是對於自己拿他當開玩笑的對象一事，向折尾道歉，但也不知道折尾知不知道眼前的狀況，他就只是望著空中，一臉茫然。

「沒錯，折尾會解救我們。或許他本人沒那個意思，但對我們來說，他是解救我們的神明。」

這個折尾到底握有什麼秘密？

「我也一起過去，你看怎樣？」夏之目課長說。「讓折尾先生帶著餐點到那個屋子去。我也一起同行。如果他有可能遭遇危險的話……」

「哪有什麼危不危險的，我要把折尾拉進屋內。」

「那我可傷腦筋呢。」

「交涉破局。看我這樣跟你閒聊，你以為我是個心地善良的人嗎？我也很急呢。如果你不帶折尾過來，我就將人質一個一個從頂樓推落。不妨在電視上實況轉播看看，到時候可就麻煩大了。」

「你之所以叫電視台的人來……」

「一來也是為了這麼做，得要有目擊者才行。」

「啊，對了，關於這件事。」夏之目課長並不是在演戲，他的模樣像是真的現在才猛然想起。「電視台遵照你的要求，持續轉播，只不過，他們似乎也有他們的事要忙。」

挾持人質的實況轉播，應該是相當引人注意的節目。站在電視台的立場，能吸引觀眾，應該是感激不盡才對。但如果是決定性的瞬間倒還另當別論，像這種處於膠著狀態的事件，其實也滿無趣的，觀眾也慢慢開始發現這點。隨著時間一分一秒過去，感覺得到電視台的人們就像上課上膩的小學生，開始浮躁起來。

我們對於轉播一事一直都沒給好臉色看，起初媒體對我們說「這是嫌犯所下的指示」，擺出一副名正言順的模樣，但後來漸漸轉為「要播到什麼時候才結束啊」，難掩臉上的不滿之色。若說他們任性，確實很任性，但他們的苦衷也不難理解。

「要感謝他們播出的人不是我，而是你們。一旦停止轉播後，不知道人質會怎樣。」

「一旦電視轉播結束，就要取人質性命是嗎？這未免也太狠了吧。」

「我不會取他們性命。要是結束實況轉播，我不會殺他們，但會給他們點苦頭吃，讓他們發出痛苦的叫聲給你們聽。到時候，電視台的人可就沒辦法說他們不必為此負責了。」

「我知道了，請你別這麼做。」夏之目課長馬上應道。「我不希望走到那一步。不過，電視台的人在想什麼，我們也不清楚。雖然每一個人都是好人，但聚成一個集團或公司時，比起倫理和道德，其他東西會更為優先。也許他們會放棄實況轉播，改放連續劇。」

「這樣也對不起每週都錄電視節目的人。」

「所以我想和你商量一下，像那種情況，改用網路播出轉播的畫面，你看如何？雖然要在全國網路的電視上播放有點困難，但如果是需要了解周遭的狀況，還有網路傳送這個方法。如果你的目的是要知道現場的情況，那麼，只要能看到影像，應該就沒問題了。」

嫌犯一時為之沉默，半晌過後才應道：「原來如此。」

這點子不錯。如果是在網路上傳送，就算自掏腰包也辦得到。電視台的人無法掌控，但如果是這麼做，倒是可以通融應變。

「不過，網路傳送這件事，我不是很懂，還是要盡可能讓電視台的人轉播。我同意以它做為最後手段。」

「了解。」夏之目課長馬上應道。「那麼，剛才是怎麼說來著？啊，對了，請折尾先生送餐點那件事。」

「派他去做。」

「這件事我沒辦法隨便答應。」

「真是沒完沒了。我不是說了嗎，折尾折尾不是一般人，所以不必在意。」

「話不是這樣說，我們也考慮到你和折尾先生是同夥的情況。」夏之目課長可能是想到了從另一個角度來說服的方法。

折尾還是一樣不為所動，也不顯一絲怒意。

「同夥？這話什麼意思？」

「讓折尾先生進入屋內，或許原本就是你的作戰目的。」

「沒錯，我想抓住折尾折尾，這就是我原本的目的。」

「不，不是這個意思，我指的是，折尾先生會不會是打算交東西給你。」

「交東西給我？交什麼？」

「這我不知道。不過，讓折尾先生和你見面後，反而讓人質更加危險，或是讓這起挾持事件變得更嚴重，也不能否認會有這種可能性。」

「你想多了。」

「也許折尾先生有助你脫困的道具。」

「道具？例如呢？」

「不知道，也許他會攜帶有助於你挾持人質的道具給你。」

「有助於挾持人質的道具？例如呢？」

「這我也不知道。」夏之目課長說。他一律回答不知道。「不過，我得思考這樣的可能性才行。」

「只要折尾折尾到這裡來，對人質來說，情況會好轉。他們可以離開這裡，而我也能得救。」

「得救？你目前是處在希望他救你的情況下嗎？」

嫌犯第一次為之語塞。

也許他正在苦惱該不該說出自己的情況，他應該也有他自己不得已的苦衷吧。當然了，引發挾持人質事件，不會有任何正當理由，但如果他有話想告訴我們，倒是可以一面讓他吐露心事，一面化解他的心防，找出能說服他的弱點。

「總之，只要你們不讓折尾折尾過來，情況只會更糟。我會持續挾持，人質也會更加疲憊。沒錯吧？」

「不過……」

「既然這樣，」嫌犯略顯不耐。「在過來之前，你們仔細對折尾折尾展開搜身不就好了嗎？看他有沒有攜帶不必要的東西，或是對我有助益的道具。」

這次換夏之目課長為之沉默。他雙脣緊抿，像在沉思般，視線四處游移。那不是在徵詢意見的神情，但我還是拿起筆在紙上寫道：「要先和人質說話嗎？」

夏之目課長點頭。「順便問一下，人質平安無事嗎？如果可以，請讓我聽他們的聲音。」

「剛才不是才聽過聲音嗎？」

「沒錯。因為我們看不到人，所以有點擔心。雖然才過沒多久時間，但實在無法放心。我當然相信你，不過，如果光是這樣，還是有很多人不能接受。就算我們接受，上級也不接受。可以請佐藤家的某個人接電話嗎？」

嫌犯可能是正為此感到苦惱，重重地發出呼氣聲。

我與夏之目課長對望一眼。雖然嫌犯與警方交涉，但其實人質早已斷氣，像這種最糟糕的情況，在過去的挾持事件中也曾經發生過，而且還屢見不鮮，這是絕對要避免的情況。

「您、您好。」傳來聲音。「我是佐藤勇介。」

「勇介，你沒事真是太好了。之後情況還是一樣嗎？」

「嗯，是的。」

聲音雖小，但沒有衰弱的跡象，我鬆了口氣。

「吃飯和上廁所，有沒有什麼不便的地方？」

「說不便的話，是不太方便，但勉強還可以。」

「我們會盡快送吃的過去，請你放心。」

「是，我相信您。」

這句話令我胸口一震。既然身陷困境的受害者相信警方會救他，我們就絕不能讓他的期望落空。

呃……這時佐藤勇介的聲音突然改變。他以像在說悄悄話般的口吻說道：

「應該還有其他人。」

「其他人？你是說還有其他人參與嗎？」

「對這個人下令的人。」

「下令？意思是另有共犯嗎？」

「應該是，他很在意對方。」

現在應該正是嫌犯離開的空檔，他很努力想向我們傳達訊息。
「或許有其他人正遭遇危險。」
「其他人？這話什麼意思？」
「就是……」佐藤勇介話才剛出口，馬上傳來嫌犯的聲音，將他的話蓋過。
「喂，說夠了吧。不必要的事，你沒亂說吧？這樣滿意了嗎？總之，快點拿餐點過來，沒時間讓你們猶豫了。」
「請再等一會兒。」夏之目課長隔著電話，露出懇求的表情，想讓對方感受到他的誠意。「請再給我們一點時間，我們也需要時間商量和準備。」
「你以為我會特地給警方商量和準備的時間嗎？」
「如果是棒球的話，在對方球隊站上守備位置前，是不能展開攻擊的。」
「那足球就會等敵隊做好防備後再進攻嗎？」
「如果是自由球的話就會。」
電話就此掛斷。
望著手機的夏之目課長，半開玩笑地說道：「可能是我運動的比喻做得不好吧。」
「我看對方好像也沒那麼生氣。」

站在嫌犯的立場，再這樣拖拖拉拉地講下去，應該會感到不安吧。因為擔心會被我們牽著走，所以他才強行掛斷電話，斷絕聯繫。

「接下來該怎麼做？」

「怎麼做好呢？」夏之目課長深深吁了口氣，轉動脖子。「折尾先生，你覺得該怎麼做好呢？」

「你問我也沒用啊。」

「剛才那位年輕的人質說，另外還有共犯。」夏之目課長說。

「是啊。」我如此應道，但夏之目課長或許是希望折尾回答。於是我像在確認般，又說了一次：「確實是這麼說對吧？」

「你是不是心裡有譜呢？」

「我不是說了嗎，我什麼都不知道。」折尾大動作地揮手否認。他那做作的諂媚笑容，顯得很僵硬。

「折尾先生，你知道嗎？這是一起很嚴重的事件，關係著人命呢。」

夏之目課長應該是視此為重要關鍵，他那平時大而化之的口吻中，夾帶著幾分緊繃的犀利。

他望向周遭，朝我使了個眼色後說道：「折尾先生，就算你曾做過什麼不法之事，我也不會向你追究。」

折尾抬起臉來，有種魚兒上鉤的感覺。原來他擔心的是這點啊，他想確認我們真正的想法，也許他一直在試探我們會做多大的讓步。

夏之目課長應該也發現到折尾的變化，他見機不可失，向他逼問道：「如何？我們一心想救人質。也許你的資訊可以幫我們解決問題。如果是這樣的話，有些事我們可以裝不知道。」

就現實問題來說，如果折尾曾經犯案，我們是否真能放水，我其實不太有把握，目前也還沒正式引進認罪協商的做法。不過關於這個問題，風險較小。如果折尾不是罪犯，自然就沒有問題存在，而就算他真的是罪犯，也沒必要遵守與罪犯的約定。不管結果是哪一邊，都可說是穩賺不賠。

雖然已經沒時間了，但現在也只能等候折尾的一句話，有時沉默勝過百聲的催促。

折尾旋即說了一句「我明白了」，接著又露出那僵硬的笑容。「我不是很清楚這名嫌犯的身分，不過我猜他應該是和某個犯罪集團有關。」

傳來沉重的大門開啟的聲響，夏之目課長也一樣維持原本的表情不變。我很擔心人在附近的大島這時會多嘴，但他似乎也明白現在是關鍵時刻，噤口不語。

「犯罪集團？和這名挾持犯另有關係？」
「與其說另有關係，不如說他們之間並非毫無關係。」
「原來如此。」
「各位或許已經發現了，剛才在電話中，嫌犯中途突然改用『我們』這個說法。」
大島望向我。當然我也發現了。挾持犯確實說過「我們」這句話。他說折尾是解救我們的神明。
「我認為他說的我們，是包括人質在內的意思。」夏之目課長緩緩說道，加以刺探。
「不，他應該是隸屬於某個危險的集團。」
「非法集團。」我說。
「沒錯。」
「呃，折尾先生，你該不會就是擔任那個集團的諮詢師吧？」也不管會不會失禮，向來都有話直說，這是大島的優點，至於會是安打還是界外，就得看當時的場面而定了，不過這次看來是安打。
折尾先是身子一僵，之後嘴角輕揚。這笑容極度不自然，甚至讓人覺得從沒見過這麼不自然的笑臉。

「不，我和這種事沒任何瓜葛。」

要讓人相信他的話，實在有困難。

也不知道他是沒察覺我們的想法，還是已經察覺，所以才刻意掩飾，只見他再度攤開手中的地圖。「或許可以查出他同伴的所在地呢。」

「既然你知道，就早說嘛。」大島吐槽道。

「我不知道。不過，只要利用獵戶座的形狀來看的話……」

眼看大島就快要朝他大吼一聲：「開什麼玩笑啊！」我急忙加以制止，不過我內心當然同樣也在大喊：「開什麼玩笑啊！」

折尾可能是早已習慣周遭人這樣的反應，他不為所動，自顧自地說道：「如果以發生挾持事件的這個地點當作參宿四的位置，」緊接著他突然又補上一句：「參宿四或許已經爆炸了，只是我們從地球上還看不到。」這讓我想起以前警察學校的講師，他在上課時總會在課本的同一處地方講同樣的冷笑話。折尾的模樣，就像是終於等到他熟讀的腳本中符合這個情況說的台詞一樣，開始滔滔不絕地說個沒完。

該不會真的談起星座占卜吧，我隱隱感到不安。

我們暫時先離開這位感到不安的春日部代理課長，改說屋裡的情況吧。之前提到哪兒了呢？就從兔田向勇介的母親逼問：「這個男人是誰？他不是父親對吧？」這地方開始吧。

這時仍是警方尚未趕到的場景，還沒追上ＳＩＴ的夏之目課長和春日部代理課長在場的時間點，為了快點追上目前的時間，必須加快腳步說明。

「我知道，我就坦白跟你說吧。」黑澤之所以這麼說，是因為他已看出，這謊言已經編不下去了。

兔田目露兇光。「這表示你之前一直沒說真話對吧。」

「沒錯。」

「竟敢小看我。」兔田大發雷霆，雙眼幾欲噴出火來，但黑澤不以為意。

「我沒有要耍你，或是小看你的意思。你就算生氣也沒用，這時候應該先冷靜下來擬定對策才對吧。」

黑澤眼中的兔田，明顯情緒相當激動。從他剛才的對話中，猜得出他有時間限制的苦衷。

「只要找出照片上這個男人就行了吧？」已經沒必要再佯裝成是對入侵者感到害怕的一般人，黑澤恢復平時說話的口吻，不過，他這種像要展開對等交易的態度，似乎令兔田感到慌亂。兔田回了一句「你……」，始終無法接話。

「就讓我們找一個對彼此都好的折衷點吧。你一直將我們綁在這裡，也不會有什麼進展。你應該也知道，你要找的男人不在這屋子裡。這屋子恐怕只有發射器。」黑澤採取曉以大義的說法。「啊，」他不自主地發出叫聲。「啊，原來如此。」

「你指的是什麼？」

黑澤朝他身旁的勇介和他母親望了一眼，他們兩人一直如坐針氈，不知情勢會如何發展。兩雙眼睛一直緊盯著他，彷彿連一隻跳蚤也不會放過，臉上大大寫著「不安」兩個字。

兔田別說恢復冷靜了，反而還更加激動，他開始揮動起手槍，就像是他自己那控制不住的性器般。他雙眼充血，就連黑澤看了，也不禁在心中直呼不妙。

這下傷腦筋了，黑澤如此暗忖。在他的人生中很少遭遇焦急、恐懼、喜悅，但「傷腦筋」倒是常遇到。

教人傷透腦筋的情勢發展，這名嫌犯很可能會不顧一切地開槍，真走到那一步的話，再也沒比那更麻煩的事了。

「我知道了，我先說明我的情況，所以你先把槍放下吧。」

兔田停下動作，一臉狐疑地皺起眉頭。

「我不是這間屋子的住戶，這是真的。我不認識這對母子，這也是真的。我是到這裡闖空門的。」

說出自己的職業，有點難為情。闖空門這名稱有點落伍，欠缺深度，屋內頓時鴉默雀靜。

「你說的闖空門，是指泥棒[8]嗎？」

「我臉上既沒抹泥，手上也沒拿木棒。」黑澤說。

黑澤或許以為「泥棒」的語源是來自「泥」和「棒」，但他應該不知道，這其實只是俗語罷了。看起來像是無所不知、說起話向來也都頭頭是道的黑澤，其實也不是十全十美。

「這是怎麼回事？你剛好進到這戶人家嗎？什麼時候？你什麼時候進來的？」兔田對黑澤保持提防，拉大距離望著他。

8. 日文小偷的意思。

「幾乎和你同一時間進入，我利用屋子後方的冷氣室外機和圍欄一路爬上二樓。」

勇介發出「唔、唔」的沉吟聲，黑澤回答道：「的確，外頭是上鎖的，但開鎖正是我的拿手絕活。」

「我進入二樓時，上頭空無一人，不過我知道樓下很吵。」

「為什麼你不馬上逃？」

黑澤應該也在煩惱，不知道該透露多少，但停頓沒多久，他便以「老實說……」當開頭，娓娓道出一切。他應該是研判繼續隱瞞也是件麻煩事，現在占滿黑澤腦中的，是「真想早點從這件麻煩事中解脫」的念頭。

「老實說，我原本沒計畫要進這間屋子，我只是到二樓來取回我的紙。」

「紙？」

「我的同伴，」要稱呼今村為同伴，雖然有點排斥，但現在以簡單易懂為優先考量。「誤闖進這裡。當時他把一張紙忘在二樓，我只是來拿回那張紙。」

「你說的紙是什麼？」

「就放在我屁股後方的口袋裡。」黑澤心想，這時候讓他看實物最省事。

兔田持槍小心翼翼地把手伸向黑澤背後，確認過口袋裡確實有一張折好的紙後，他一把取出那張紙。

「這什麼啊？」

「是但書，就像收據一樣，請不要看那麼仔細。」

「這什麼鬼啊。」兔田蹙起眉頭。

「我到屋裡辦完事後，都會留下這張紙。不過我沒到這間屋子裡辦事，那純粹只是搞錯了。」

「你就專程前來拿這張紙？騙人的吧，難道你是傻瓜嗎？」

「我只是想求個是非黑白。」

「你頭腦有問題啊？」

不管他怎麼評論，黑澤都不以為意。「總之，我就是為了取回它，才上二樓。結果你就跑來，拿槍比著我。」

「那你為什麼假裝是父親？」

「因為你那樣說啊。我心想，還是不要抵抗比較好。既然你那樣說，那就是吧。」黑澤覺得沒必要刻意反抗來證明自己的身分。「我不在意這種小事。」

「可是小小一張紙，你卻那麼在意。要是這對母子否認你的身分，到時候你怎麼辦？」

「我賭他們會配合我說話。」雖說是賭，但黑澤有相當程度的勝算，不過他終究也有誤算。「我萬萬沒想到真正的父親會打電話來。」

他望向勇介和他母親，兩人的視線頻頻瞄向天花板，也許是對於黑澤從二樓潛入一事感到大受震撼。

黑澤想著接下來該怎麼辦比較好，試著問道：「所以我和這家人完全無關，可以放了我嗎？」感覺得出那對母子同時為之一驚。他們應該是想說：「你要棄我們於不顧嗎？」哪有什麼棄不棄的問題，我是毫無關係的外人，而且是闖空門的，說起來和你們不算是自己人，應該算敵人才對。有個闖空門的人在，能派上什麼用場？黑澤對他們的反應感到傻眼，但人們處在這種狀況下會失去冷靜，這種想倚賴他人的心情，他倒也不是不能理解。

「不可能，你是傻瓜嗎？」兔田語帶不悅地說道。

「也是。」這次黑澤倒是認了。

「你倒是挺冷靜的嘛，你以為我真的不會朝你開槍嗎？」兔田瞪大的雙眼，宛如會探出指爪，一把掐住黑澤似的。

「不，我知道你很焦急。你來到這裡之後，一直都很拚命。正因為感受到你是認真的，我才無法抵抗。也認為你被逼急了就會開槍，我確實很害怕。」

「可是你看起來一點都不怕啊。」

「我常因為這樣而吃虧。」黑澤聳了聳肩。

兔田可能是當他在開玩笑，大喊一聲「少跟我開玩笑」，抬起右腳，朝雙手負在身後的黑澤踢了一腳，黑澤就此撞向牆壁。

在此同時，人在仙台港倉庫內的綿子，也因為稻葉陰晴不定的嗜虐個性，而遭受他的尖鞋猛踢。雖然無法明確地說出這是純屬偶然還是天理報應，不過，此時兔田動用暴力，或許全都與綿子所受的暴力產生連結。為了不讓綿子受苦，兔田應該規矩一點才對，但此事兔田當然是無從得知。

「總結來說，你在找人對吧？」黑澤說。「而且有時間限制。既然這樣，與其跟我們在這裡耗時間，還不如快點到外頭去找尋那個男人才對吧？」

「要是知道他人在哪兒，我早就去了。」兔田低頭望向自己的手機，加以操作。應該是再次進行位置搜尋吧。「真的不在這間屋子嗎？你說的背包也是騙人的嗎？那麼，位置資訊又是從哪裡傳出的呢？」

「不好意思……」這個時候，那名母親惴惴不安地插話道。「廚房的垃圾袋裡……」

「垃圾袋裡怎樣？」

「我把背包丟進垃圾袋裡。因為它掉在我家……我家外面。」母親以偏高的聲音加以說明，黑澤在一旁默默聆聽。這明顯是掩蓋真相的說法，但兔田不疑有他，暗啐一聲，旋即消失在廚房裡。半晌過後，他返回客廳，大聲喊道：「開什麼玩笑，搞什麼嘛！」將他從垃圾袋裡取出的背包砸向地面，發射器從裡頭掉出。

可惡、可惡！兔田大聲痛罵，眼看就要當場踐踏起來，就像圖畫中那種氣得直跺腳的畫面。眼看找出折尾折尾的方法已經用盡，他倍感心焦。

「呃，不好意思，我說……」勇介的母親略顯慌亂，想出言安慰，但兔田朝她喊道：「囉嗦，妳給我閉嘴。」再度以膠帶封住她的嘴。

「不好意思……」之後黑澤開口說道。「剛才那張紙可以還我嗎？我的那張紙。如果沒帶走它，日後我又得跑一趟。」

兔田露出「開什麼玩笑」的神情，呼吸紊亂。「我才沒空管你呢。」

「這我知道，但還是請你還我。」

黑澤的口氣並不強硬，但可能是感覺到一股不容分說的力量，兔田一邊咒罵，一邊將剛才那張紙恢復成折四折的狀態，放進黑澤屁股後方的口袋。

這時兔田口袋內的手機鈴響。兔田猛然一驚，注意力移往手機，「黑澤的但書」並未完全放進口袋裡，隨時都可能掉出。既然已先提到這點，之後便會在其他情況下真的就此掉落，不過此時的兔田自然無從得知此事，他按下手機的通話鈕。

兔田的表情透著怒意和惶恐，黑澤一面觀察他，一面想像與他通電話的人是何方神聖。

是令他抬不起頭來的對象，而且是無可奈何，只能低頭臣服的對象嗎？

不愧是黑澤，準確地掌握了方向。

兔田很小聲地講電話，不讓黑澤他們聽見，不久，他走出客廳，前往走廊。

「先、先生……」黑澤聽見這聲低語，望向一旁，發現勇介把臉湊了過來。

原本貼住嘴巴的膠帶已經撕下，不知道是他自己勉強撕下，還是剛好脫落。勇介很謹慎小心地低語著：「你真的是闖空門的嗎？」

「而且還假裝是你父親，不好意思啊。」「啊，別這麼說，不過……」

「本以為這謊言瞞得過去，但沒想到你父親真的打電話來。」

「對不起。」

用不著道歉吧。「是我想得太天真了。」

「請問……」「什麼事？」「有沒有什麼令你感到在意的事？」

「令我感到在意的事？」「是的。」勇介的視線一時間投向上方。

黑澤馬上明白是哪件事，但他有預感，如果現在談那件事，肯定沒完沒了。

「在意的事一大堆呢。」
「請問接下來該怎麼做呢？」勇介以宛如紙張摩擦般的細微聲音問道。
竟然向一名表明自己是來闖空門的男人商量接下來要展開什麼行動。黑澤很想出言挖苦，但實在沒這個閒工夫，不知道兔田什麼時候會從走廊返回。
「或許會一直維持這樣吧。」
「這樣我很為難呢。」
「我也很為難啊。不過，要是照這樣下去，或許會變成拉鋸戰。」
「真的嗎？」
「我也不知道會變成怎樣，只要那傢伙不出去，什麼事都難辦。對了，屋裡有東西吃嗎？」
「咦？」
「我的意思是，如果沒有食物，那傢伙肚子餓的時候，或許也會外出吧。」黑澤半開玩笑地說。「應該是不可能。」
「哦，不過，雖然有菜和肉，但如果不烹煮的話，一樣不能吃。」勇介說。他母親也在一旁點頭。
黑澤心想，有位嚴格的父親在，便不許家中有速食食品或事先備好的飯菜是嗎？

這時走廊傳來兔田的聲音。

再給我一些時間，別對綿子出手。我知道，能做的事，我自然會做。

「他似乎也很辛苦呢。」黑澤朝走廊望了一眼，靜靜地說道。

「是怎麼一回事呢？」

「大概是有人命令他找出照片裡的男子吧。雖然不清楚他是被人握住把柄，還是有人質在對方手上，不過，他看來是被逼急了。」

「是這樣嗎？」

「雖然沒必要同情他，但正因為他已豁出一切，所以很可能會採取強硬的手段。」

「啊，那把槍是真的嗎？」勇介可能是感到六神無主，言談間對黑澤相當倚賴。

「雖然我專門闖空門，但在國內也很少看到槍。」

「是嗎？」

「那應該是真槍。」

果然是真槍——勇介很遺憾地嘆了口氣。如果黑澤說是假槍的話，他也會相信嗎？

「你父親的那些槍，應該不是真的吧？」黑澤朝二樓望了一眼，那些擺在書櫃裡頭的生存遊戲道具。

「啊，是的。」勇介雖然如此應道，笑容卻很僵硬。「他就是喜歡生存遊戲這類的東西。」

「雖說是嗜好，但還真是有模有樣啊。」

「我父親玩得有點過火。」

「他有點攻擊性對吧。」

「你怎麼知道？」

「我是從你們的交談中猜出來的，該不會在家裡也玩生存遊戲吧。」

勇介沒馬上回答，因為他猶豫該不該讓家醜外揚，但最後他還是表情僵硬地回答道：「他常會以空氣槍射我媽。」

父親在家中使用空氣槍的景象，看在別人眼裡會覺得像是喜劇，但看在平常生活中老是遭空氣槍射擊的當事人，以及受其支配的家人眼中，這根本就是一場噩夢。

「他在外頭遇上不愉快的事，就藉此發洩壓力。」

「原來如此。」黑澤如此應道，但並未特別顯現感興趣的神情。

「嚴重的時候，甚至還會使用smoke grenade[9]。」

「這是什麼啊？」黑澤對此倒是相當關心。

「一種會冒煙的手榴彈，好像有人將仿造品進行改良，販售真的會冒煙的道具。」

「真有人買啊？」

就在這時，勇介的母親展開了行動，也不知道她為何會做出這樣的決定，她自己肯定也不知道原因。也許是聽他們談到父親的事，長期以來壓抑的鬱悶幾欲就此爆發，或者是她研判現在是不容錯過的好機會。

她突然趴向地面，開始像尺蠖般扭曲身體前進。兔田將這名母親的手機擺在地上，說他粗心，還真是粗心到家了。這名母親發現手機，想到打電話報警。

請不要認為她這是白費力氣，雖然勇介剛才失敗，但沒人規定不能反覆嘗試，成功的可能性相當高。

勇介回身而望，見母親展開行動，就此瞪大眼睛，但他應該是馬上便猜出她

9. 意為「煙霧彈」，但直接用煙霧彈，不會有聽不懂的效果，所以用英文代替。

的用意，就此躺下身。由於母親的嘴巴被封住，無法說話，勇介判斷只能由他來說。

母親雙手被反綁在身後，所以只能從背後操作，她死命轉動脖子，努力按下按鈕。

「如果那傢伙回來了，請告訴我們一聲。」

勇介悄聲說道，但黑澤並不覺得這句話是對他而說。因為聽起來就像在叫喚自己的隊員般，有一種理所當然會配合的氣氛。什麼時候變成夥伴了？勇介接著又補上一句：「拜託你了。」黑澤回答：「我知道了。」雖然嘴巴上總愛叨念幾句，但黑澤其實很好說話，而幾乎在同一時間，走廊上傳來兔田的聲音：「知道了、知道了！」

勇介的母親雙手一震，手機就此偏移。

望著這一幕的黑澤，還是一樣對這種母子合作遊戲不感興趣，他只想著是否能利用那名父親持有的生存遊戲道具，打破眼前的僵局。時時都在思考對策，這正是黑澤。

走廊處依舊傳來兔田的聲音。「所以你別出手，一切包在我身上。只要找到人就行了對吧？不管怎樣，我一定會找到他。多給我一些資訊，否則就算我要找出折尾折尾，也沒辦法啊。」可能是壓抑不了情緒，他的音量提高不少。

折尾折尾？這第一次聽聞的名字，就此卡在黑澤記憶的袋子裡。

之後兔田之所以馬上改為用客氣的語尾說道「請提供我資訊」，是因為電話另一頭的稻葉冷冷地回了他一句：「你當你在跟誰說話？你的寶貝老婆可是在我手上呢。」

接著兔田之所以夾帶苦笑，語帶悲壯地回答：「沒有資訊，我怎麼找人呢。拜託啦。咦，你在說什麼啊？你就別逗我了。」是因為稻葉說了以下這番話。

「搞不好你找不到折尾折尾。獵戶座下方是天兔座，天兔座一動，獵戶座也會跟著動。你這隻兔子怕是追不到了。」

電話另一頭的稻葉在脫口說出這句話後，才想起這星座的相關知識是從折尾折尾那裡學來的，就此眉頭緊蹙，但電話這邊的兔田和黑澤當然一無所悉。

而與這個場面間隔了一段時間的此刻，面對眼前星座相關的知識，春日部代理課長一樣蹙起眉頭。

「折尾先生，這有什麼含意嗎？」幾乎在我發問的同時，大島在一旁喊道：

「喂喂喂，你是在開玩笑嗎？」

在車內與我相對而坐的男子折尾，開始仔細看起那張攤開的地圖，就像要加以舔舐一般。乍看像是名聰明的學者，但也帶著幾分可疑，覺得此人不是易與之輩。

「我想，或許可以找出犯人的所在地哦。」他甚至流露出不太情願的神情，就像在說，我是為了大家才這麼做，為什麼得接受你們用這種口氣說我。

「是要用鉛筆在地圖上滾動，用這種方式找嗎？」大島加以調侃。

「你們聽好了，這裡相當於參宿四。」折尾指著地圖上的一點。仔細一看，他指的是我們現在的所在地，仙台市北郊的「North town」一帶。

「所以你想說的到底是什麼？」

「假設以仙台車站當參宿七好了，參宿七位於獵戶座的右下方。」

見折尾的手指在地圖上游移，連我也感到焦躁起來。「你指向我們所在的這個位置，就算我讓步接受你這個說法好了，但這和仙台車站實在沒半點關係，你應該只是隨意選個顯眼的場所吧。」我心裡這麼想，並且實際說出口。

連占卜也都會假裝有憑有據，面對如此嚴重的事件，他在開什麼玩笑啊！雖然這樣的念頭愈來愈強烈，但最令我在意的，是夏之目課長。

課長因車禍事故亡故的家人，突然從我腦中閃過。

造成事故的原因，是一名高齡者危險駕駛，而說到此人為何會造成駕駛事故呢？原來是因為平時過於操勞，為了籌錢而疲於奔命，而追查原因後發現，她對一名可疑的占卜師唯命是從，錢財幾乎都被她榨乾了。

課長對占卜或占卜師肯定沒有好印象。折尾模仿占卜，說著連占卜都算不上的瞎話，這種模樣連我看了也厭惡。

夏之目課長一樣是面無表情，靜靜望著折尾。

「隨意是吧，確實如此，感謝您的指正。」折尾不顯一絲怯意，將我的「批評」改換成「指正」，並大方接受，臉皮可真夠厚。

接著他從背包裡取出一本小冊子。

「那是什麼？」大島瞪著他。

謝謝您的詢問——折尾就像如此回應般，顯得氣定神閒，攤開寫滿手寫字的頁面說道：「這張名單或許有關。」

「名單？」
仔細一看，上頭寫滿像是電話號碼的數字和地址。「這是什麼？」
「呃……」折尾搔著頭，把玩著眼鏡的腳架。「這個嘛……」
「是什麼？」
「呃……」他又再次這樣應道，該不會是為了讓我們著急吧？他擺明著是猶豫該不該跟我們說實話。
「說出來絕對比較好，而最後你也一定會說的。」我很想在背後推他一把，而且不是用手，是用重型機器，將他推到無處可躲的絕境。
「是嫌犯所屬集團的被害人。」
「是怎樣的集團？」
「呃……詳情我也不清楚。不過，就像這被害人名單所列的，這就如同是他們的獵物，我拿到其名單當中的一部分。」
他果然有所隱瞞，這麼晚才攤牌，真不識相。肯定還沒完全吐實。
「從哪裡得來的？」
「集團內的一名女性。啊，我剛才也說過，我和他們沒有直接關係。坦白說，他們邀我一起共事，但我拒絕了。沒錯，我拒絕了他們。」

「這是當然，我相信你。」夏之目課長馬上如此應道，毫不遲疑。
「那名女性在那個集團裡擔任會計，她可能是信任我吧，讓我看一份她覺得很在意的名單。我急忙把它抄寫了下來。」他一臉自豪地以手指輕敲那本冊子。
「這是他們的被害人名單。」
「可以供我們調查嗎？」我想讓大島馬上對名單上的人物資訊展開調查。如果是被害人，應該會有報案紀錄才對。
折尾馬上說道：「他們沒報警的可能性很高。如果不是尚未發現自己被騙，就是被威脅不得報警。」
「原來如此。」夏之目課長一臉感佩之色，當然了，他或許並非真的感到佩服，不過他頻頻點頭。「然後呢？」
他應該是研判，這時候要讓折尾繼續說下去。
「這上面的地址可以派上用場。」
「可以派上用場？」
「只要確認過這些地址，應該就會浮現。」
「應該就會浮現？」
「浮現犯人的所在地。」他的口吻就像在說，這還用問嗎？

「犯人不就在那兒嗎?」大島指向車窗對面佐藤家所在的位置。「胡說些什麼呢!事件已經發生了,犯人就在那間屋子裡。」

「剛才也說過,那名犯人始終都只是冰山一角,另外有個主力部隊。」

佐藤勇介說過「應該還有其他人」,考量到這點,或許真如折尾所說。

「你的意思是說,主力部隊在什麼地方,會就此浮現是嗎?」

「會以相當高的機率浮現出獵戶座的形狀。」

這時,夏之目課長突然發出巨大的聲響。

他一腳將桌子踢飛。

折尾也就此身子倒飛而去,說身子倒飛或許誇張了點,不過他倒是嚇得雙目圓睜。地圖掉地,筆也滾向一旁,車身一陣搖晃。

我對於夏之目課長情緒大爆發一事大為吃驚,本以為他空洞的內心,不管受到什麼刺激也不會點燃怒火。原來他的感情還沒完全乾涸,這點令我頗為震撼。

課長並未特別顯露怒容,但呼吸急促,肩膀上下起伏,極力想讓沸騰的內心冷卻下來。或許他在思索該對折尾說什麼話才好。半晌過後,他才說了一句「開什麼玩笑」,就此下車離去。

「我才沒開玩笑呢。」

都這時候了，折尾還想繼續說，我差點忍不住誇讚起他來，但我還是出言警告道：「喂，你也該適可而止了。」我當時的用語不像是對一般市民，而像是對犯人的口吻。

走下車後，右手邊那群手持相機的媒體群映入眼中，他們一直在等候我們有所行動。

「我一時太激動了，抱歉。」來到夏之目課長身邊時，他對我說道。「一想到人質的事，便對折尾的說話口吻感到光火。」

其實你是因為家人的事而生氣吧——我很想這麼說，但忍了下來。夏之目課長已恢復原本的平靜，以慢半拍的速度演出他自己所寫的腳本，又變回平時的課長模樣。

「被你搶先了一步，如果你沒罵人的話，當時就換我怒火爆發了。那個男人實在是玩笑開過火了，油嘴滑舌。」

「也不知道他說的有幾分真。」

「不過，感覺得出他很認真。」

「是嗎？」夏之目課長冷冷地應道。

「咦。」

「他那個樣子，連他是不是認真的都看不出來，甚至讓人覺得他只是在嘲笑我們。」

過了一會兒，大島也下車朝我們走來。「那傢伙在開我們玩笑，老是在畫獵戶座的圖形，說什麼名單上的地址與星星的位置重疊，怎麼會有這種事。」大島如此說道，仰望天空。「呃……獵戶座，獵戶座……」他開始確認起星星的位置。

「找到了，是那個嗎？」

「在星座當中，就屬它最好找。」夏之目課長也以不得不認同的口吻說道。

「因為正中央的三顆星特別顯眼。」

「啊，那顆就是參宿四嗎？」大島手指朝上。雖然不能一眼就認出，但過沒多久，我也掌握到那顆特別明亮的星星。

「好像是一等星，聽說可能已經爆炸了。」

「大島，你可真清楚。」

「是剛才折尾那傢伙告訴我的。」

我與夏之目課長互望一眼，剛剛才罵對方「開什麼玩笑」，卻又接受對方教導的星座知識，一副樂在其中的模樣，再也找不到這麼單純的人了。

「聽說它要是爆炸的話，地球會接連好幾個月都很明亮。是滿月的一百倍亮度。」

「那樣的話……」我很坦率地流露讚嘆之色。「可真亮呢。」

「雖然不是永晝，不過，全世界應該都會有很大的改變吧。」

「那不就會造成危害嗎？」

「咦？」大島一臉認真地回過頭來。「會造成危害嗎？」

「我記得超新星爆炸時，會釋放出某種物質。好像是γ射線吧。我從某本書上看過，數億年前，生物就是因為這樣而大滅絕呢。」夏之目課長瞪大眼睛，噘起嘴巴，他這樣可能也只是在佯裝成一位會糊弄部下的上司。「這樣你也無所謂嗎？」

「那樣可就麻煩了。要是它爆炸的話，我們就OUT了。」

「不是OUT就SAFE是吧。」

「因為好像只能趕在看到亮光的幾天前，及早發現它已經爆炸。真可怕，我去問一下他。」見大島準備回到車內，我笑著喚住他。「比起這個，你更應該調查一下剛才那張名單吧。」

「剛才的名單？」名單比星星爆炸的事更重要，他好像一時還沒意會過來。

「折尾手中那份被害人名單。或許他們不認為自己受騙，但不妨打電話給名單上的第一個人，詢問一下狀況。」我雖然如此說道，但其實無法判斷是否有這麼做的必要。陪折尾聽他聊獵戶座的事，說得誇張一點，給人一種屈辱感。不過，如果那份名單真的是犯人所屬集團的……不，現在憑折尾的片面之辭，還沒有確切證據可以證明犯人所屬集團確實存在，但如果他說得沒錯，真有該集團的受害人，那就有必要展開調查。

「我明白了，我會展開調查。」大島回到車內。

轉頭一看，夏之目課長仍仰望夜空。

「你在看獵戶座嗎？」我朝他叫喚後，夏之目課長轉頭望向我。

「春日部，獵戶座底下的是天蠍座嗎？」

「我完全不知道哪個是天蠍座。」

「星座這種事，就只是自己指著星星畫出線條來罷了，讓人覺得很可疑。」

「就是說啊，我也這麼覺得。」

「不過，」夏之目課長朝夜空望了一眼後，視線移回我臉上。「這樣也不壞。」他的表情變得柔和許多。

「咦？」

「星星就像一種夢想。以前的人晚上無事可做，看得到的東西大概就只有星星了，而且當時也沒有深夜節目或智慧型手機，多的是時間。所以才會一面望著夜空，一面任憑想像力馳騁。」

這時我陷入一種感覺，彷彿周遭的住宅全都消失，我坐在整片長滿青草的丘陵上，眺望頭頂的夜空。天空無比遼闊、漆黑，宛如有對巨大的眼瞳窺望著我們。時間的流淌變得緩慢，但我不可能就此入睡，感覺就像望著某人正專注地以手指將夜空的小星星連成線。將那幾顆星星連在一起，變成獵人歐里昂吧。這麼一來，這個就是奪走歐里昂性命的毒蠍。如此你一言我一語，原本單純只是線條的圖案，頓時化為立體的實體，從漆黑的夜空中浮現而出。

「這是很壯闊的遊戲，只可惜現在無暇享受。」夏之目課長的這番話，令我猛然回神。那似乎不是借用別人說過的話，而是發自真心的肺腑之言，所以令人倍感新鮮。昔日的課長彷彿又回來了。

春日部代理課長的直覺果然敏銳，夏之目當時望著星座，突然想起對女兒的記憶，就像乾涸的大地適逢甘霖，他處於一種內心滋潤豐盈的狀態。

「這是我剛才從電視上看到的。」夏之目的女兒夏之目愛華曾告訴父親關於獵戶座的故事，以及參宿四爆炸的事。

「爸，你不覺得很有趣嗎？就算它老早以前就爆炸了，我們也無法確認。因為它和我們相距六百四十光年，爆炸後經過六百四十年才會知道。也許明天會因為那顆星球爆炸，而夜晚突然變得光明呢。」

她指向南邊的天空，所以從中可明白這幕是冬夜裡的場景。

就讀大一的夏之目愛華，那天晚上和多名同好會的夥伴一起出外用餐、唱卡拉ＯＫ，返家時剛好遇見父親。夏之目說他是剛好路過，但這當然是謊話，其實他替晚歸的女兒擔心，寒冬裡揮著汗，在鬧街附近四處找尋，終於讓他遇見。總之，最後兩人並肩走在柏油路上。

原本這樣的距離，是該一同搭計程車返家才對，但女兒半開玩笑地說：「就當作是坐計程車，把這筆錢送我當零用錢吧。」兩人就此徒步踏上歸途。對夏之目來說，和女兒並肩而行的這段時間，是他人生中最幸福的時刻，無可取代，甚至覺得愈走離家愈遠。

「爸，剛才你真的是湊巧路過那裡嗎？」

當時夏之目如果能坦白招認「我其實是擔心妳」就好了，但是就這樣認輸，他不甘心，於是他回答道：「那還用說，當然是湊巧啊。」

「湊巧是吧。」面對父親那明眼人一看便知的謊言，愛華以半沒轍、半開心的模樣嫣然一笑。「算了。」

「這什麼回答啊？」

「因為我猜，你有情非得已的苦衷，非得說這種謊不可。」

說什麼情非得已的苦衷——夏之目暗自苦笑，但他同時心想，父親擔心女兒的這份心，確實是無可奈何，情非得已啊。

之後夏之目愛華談到了獵戶座。

「星星也有一天會死亡，雖然有點可怕，但感覺很酷呢。」

「星星也會死嗎？」夏之目感到納悶。

「太陽再過五十億年也會壽命終結。」

「到時候人類還在嗎？」

「你覺得還會在嗎？」夏之目愛華突然轉為認真的神情。「若從數十億年的時間來看，人類的文明只有短暫的一瞬間。」

「與宇宙的歷史相比，我們就像塵埃一樣渺小。」

「這樣也不錯啊。在以驚人的速度流逝的時間中，我們就活在那短暫的一瞬間，時喜時憂、玩樂、念書、工作、戀愛。不知該說是濃縮，還是充實。爸，你看過《悲慘世界》嗎？」

「那是什麼？」

「一部小說。」

「也許看過電影。」

「電影是極度的濃縮版，原本的小說除了故事本身外，還有許多延伸。有一幕是尚萬強在下水道裡逃亡，不過在那之前，作者用一整個章節說明巴黎下水道的情形。」

「下水道的情形？故事本身以外的事有必要寫嗎？」

爸，你不懂啦！——愛華笑道。「因為這些無謂的部分，會讓故事本身更加豐富。」

不過話說回來，《悲慘世界》竟然又登場了。退一百步來看，今村和黑澤看過這部小說也就算了，現在竟然又有別人談到這本書，再怎麼偶然也該適可而止。或許有人對此傻眼，覺得未免也太過巧合。而看完《悲慘世界》這套大部頭書的人要像這樣一再出現並不容易，不過，這樣的偶然也不少。而且在談到白兔事件的這個故事中，會提及這部小說，其實也不是多重要的要素，更沒有什麼巧不巧合的問題，它根本也稱不上巧合。這充其量只是用來讓故事膨脹的一種酵母粉或是發粉，如果各位還是覺得很在意的話，也可以自行將夏之目愛華提到的書，換成你自己喜歡的小說或電影。

「裡頭寫了一段話。」夏之目愛華說到這裡，露出靦腆的笑容。

「怎樣的一段話？」

「有個比大海更壯闊的風景，是天空。還有一個比天空更加壯闊的風景，那是……」

「宇宙嗎？」

「人內心的靈魂。」她笑道。「人心比大海和天空都還要壯闊。你不覺得那壯闊的腦中所體驗的一生，非常巨大嗎？」

「原來是這麼回事。」夏之目並不贊同她的說法，但看到女兒說得如此滿足，令他倍感幸福。「這樣不就像是：『好，我出生了。好，我死了。』這樣的感覺嗎？」

「才不是呢。是：『好，我出生了。好，經歷了許多事。好，我死了。』這樣才對。」

「這樣啊。」

過程中經歷了許多事，說得一點都沒錯，夏之目平時投入各種大大小小的事件以及形形色色的雜事中，而現在就這樣和女兒並肩而行。若以宇宙的時間來看，這只是短短一瞬的時間，但若像慢動作電影一樣將它拉長，以此來經營自己的人生，則會有一種賺到了的感受。

然而，夏之目愛華就連上天所賜的短暫「瞬間」也沒能充分運用，就這樣香消玉殞。

夏之目所受的震撼肯定是超乎想像，這點各位能想像嗎？

有個比深海更黑暗的光景，是宇宙。有個比宇宙更黑暗的光景，那是失去摯愛之人內心的靈魂。

闖紅燈奪走他妻女性命的車、開那輛車的高齡駕駛、將那名高齡駕駛逼入絕境的占卜師，因果層層相連，但法律最後判這名占卜師無罪。

話雖如此，夏之目不願責備那名駕駛。那位老太太應該也沒料到，「從宇宙來看，只有短短一瞬間」的人生中，竟然會引發傷亡事故。

那麼，夏之目又是怎麼做呢？

接下來要談的事，會偏離白兔事件，不過簡單來說，夏之目最後成功向這名占卜師報仇。

復仇當然不是法律所允許。

理應遵守法律的男人夏之目，也很明白這點。

事件過後不久，夏之目對那名占卜師展開調查時，雖然心裡想「要是我不展開調查就好了」，但他有他的苦衷，如果不做點什麼，恐怕沒有繼續活下去的動力。總之，他得知那名占卜師仗著父母留下的資產，過著生活無虞的人生，為別人占卜就只是用來打發時間，夏之目還得知，那名女占卜師跟朋友們說「我占卜過的一名顧客引發車禍」，而且不知為何，她還很開心地說這件事「真好笑」，夏之目就此怒不可抑。

當然了，夏之目也曾暗自想像，或許她對於自己的顧客引發車禍大受打擊，因為怕自己會感到歉疚，所以才刻意一笑置之。甚至想像她是不知如何反應，所以才會出現「真好笑」這樣的錯誤訊息，就像電腦當機狀態下顯示的藍屏畫面。

要看穿人心著實困難。因為它比天空和大海都還來得壯闊。如果說在自己的親友間說的話才是真心話，倒也未必，很多時候往往在同伴面前更會虛張聲勢。

因此，當時夏之目仍極力壓抑自己對占卜師的憎恨。他不斷說服自己，那名占卜師不是壞人。而他之所以這麼做，可說是因為他想找出對她宣洩怒火的正當理由。

不久，時候終於到來。

夏之目在她返回的途中主動與她搭話，公開自己的身分——在那場車禍中，被妳的客人奪走性命的，是我的妻女。

占卜師面對眼前的突發狀況，不知所措，各位猜她怎麼做？她說出那句錯誤訊息：「真好笑。」夏之目就此怒火勃發。這其實不是主因，夏之目肯定一直在等這句話出現，他一直在等候對方失誤。

大家都知道，失言有時會讓自己失去信用，但有時也會失去性命。

他舉起向違法業者買來的手槍，一槍擊中占卜師胸口。

在彈殼從手槍中彈出的同時，夏之目原本的情感也從他身上脫落，從那之後，他便成了一具空殼。

空殼的夏之目無意隱瞞他的罪行，也無意免除刑罰。但他也不打算自首，接受法律的制裁。不過，要是屍體就這麼放著不管，明天一早上學的孩子們發現後，會大受震撼，他想避免這樣的情況發生。雖然他搞錯了這件事的先後順序，但最後他還是把占卜師的屍體運往山上，直接擺在樹叢間，連掩埋的步驟也省去。

再來就任隨它化為山野的黃土吧。他心裡這麼想，結果隔天因為降下破紀錄的豪雨，造成走山，大量的泥土覆蓋在占卜師的屍體上，四周禁止人們進入。

因此，夏之目對占卜師的復仇，就此掩埋在土沙之下，結果真的化為山野的黃土。

化為空殼的夏之目，對此不抱持任何情感。

而這正是負責這起挾持事件的夏之目課長其人生不為人知的另一面。

警察竟然還犯下殺人案！見他家人喪命，才寄予同情，沒想到他竟然是罪犯！可能有人會覺得錯看他了，或許還有人會說，枉費我之前那麼支持特殊搜查班。

然而，夏之目並非是個無差別殺人狂，他也完全沒有要掩飾自己罪行的念頭。他要早點自首受罰！這樣的意見很正確，但他已不剩半點力氣去做正確的事，就只是做好他每天該做的工作。

而且在夏之目的努力下，破了幾個案件，得救的被害人也不少。我並無意主張這樣就能將功贖罪，我只能說，夏之目之後仍以縣警特殊班課長的身分賣力地工作。

在面對挾持事件的此刻，他也全神投入工作中，想盡早解救人質。

在此叮囑一聲，在這起挾持事件中，夏之目擔任警方的現場負責人，克盡職責，這點請各位不要忘卻。

在說明此事的同時，白兔事件也進展到了下個階段。

夏之目課長和我回到車內後，折尾從原本埋首的地圖中抬起頭來，以亢奮的聲音說道：「請看這個，真的就像獵戶座的形狀。」可能是因為一時力道過猛，眼鏡跑位，他急忙抬手按住眼鏡。

我強忍嘆氣的衝動，雖然不想看，但還是瞄了一眼。他似乎從自己取出的那張名單中找出幾個住處，在地圖上畫下記號。

由於我明顯露出不感興趣的模樣，折尾可能感到不滿。他向我抗議道：「請好好聽我說。」

我緩緩吸了口氣，為了讓自己平靜下來。「折尾先生，現在請將心思擺在這起事件中好嗎？」

「你在說什麼啊，我現在說的事，就和事件有關啊。」折尾的聲音上揚。「聽好了，請看一下這張星座的地圖。」

大島粗魯地說道：「春日部先生，這種東西不看也罷。」但這句話似乎又對折尾帶來刺激。

「不，請看一下，這件事很重要。」折尾拿起地圖，發出沙沙聲響，將它面向我。他沒能順利地攤開地圖，邊角捲起，所以大島出手幫忙。

「朝被害人名單所住的地方標上記號後，形成這個圖案。」

因為這實在太蠢了，我很想發出不屑的冷笑。不，我確實冷笑了幾聲，但還是把臉湊向地圖上標出的黑點。

「現在我們的所在地是這裡。」折尾所指的地點，確實是「North town」的位置。

「North town」的東北方有一點，然後往右下移，又是一點。

「這只是一般的三角形不是嗎？」我說。只要畫線連在一起，就能畫出「North town」位於左邊角落的一個三角形。

「不對。這裡位於獵戶座的左上方，歐里昂腋下的位置，相當於參宿四。您剛才說的三角形，是獵戶座的上半身，就只有肩膀以上的三顆星星。重要的是這裡，請看這三顆星。」

在「North town」東南方的位置，從地鐵八乙女站附近通往女子大學的那一帶有個黑點。

「這是獵戶座最具特色的三星，相當於它的腰帶部位。」夏之目課長說道。

「是這樣沒錯吧？」

「正是如此。我不覺得這是偶然，這一帶有一座大樓，這名單上的住處就在那裡。」

我朝擺在桌上的被害人名單迅速瞄了一眼。雖說是名單，但只有十行字左右，從上往下看了幾個，上頭所寫的住處似乎確實是地圖上畫黑點的位置。我不想雞蛋裡挑骨頭，但還是指出當中的問題：「不過，也有些地址位在完全不同的位置啊。」名單上列出的住處，有幾個位在仙台市的西邊和海岸一帶。

「當然，因為宇宙除了獵戶座外，還有許多星星。」

「你這麼說的話，要怎麼解釋都行。」大島馬上提出異議。我也有同感。他太隨興了，隨興到我都懶得加以點破了。

「不，這會構成獵戶座。」

「折尾先生，我有兩個問題。」夏之目課長道。「第一個問題，就算認同這是獵戶座的三星好了，但它下面又是怎麼回事？」

「下面？」

「我記得獵戶座還有下面的部位。以三星當中間，借用你剛才的說法，它不是應該有上半身和下半身嗎？」

「沒錯，你說得對。」

「這張名單只有上半身嗎？」

折尾低頭望向自己手中的地圖。接著他手一伸，指向地圖下方的一點說道：

「名單上的住處所在的位置，或許相當於下半身的一個部分。」

「不，折尾先生，這樣就失去平衡了。」

就連不是很清楚記得獵戶座正確形狀的我，也覺得折尾所指的點太過偏左下方。如果要構成獵戶座的形狀，位於下方的點頂多只能在仙台車站一帶，而折尾剛才所指的位置卻遠為偏南。

「這份名單當中，有的住處空白。如果把它填上的話，應該就能形成獵戶座的下半身了。右下方是歐里昂的腳，參宿七（Rigel）。如果以日本的名稱來說，它叫源氏星。」

「你說的是那個源氏嗎？」

「由於參宿七是藍白色，參宿四是紅色，所以以前的人們拿它們與源氏和平家的旗幟顏色重疊在一起，分別稱呼它們為源氏星和平家星。」

「哦～」大島一臉感佩。

「第二個問題。」夏之目課長說。「假設真的形成了獵戶座的形狀。」

「是。」

「那又怎樣呢？」

我也很想吐槽這麼一句。

是又怎樣！

話說回來，是從什麼地方開始聊到這方面來？

挾持犯有同夥，是一個集團，那個集團有一份被害人名單，試著將名單上的住處畫在地圖上後，發現它很像獵戶座的形狀，如果就只是因為這樣，便說和這起挾持事件的破案關鍵有關，我可不這麼認為。不，它甚至連獵戶座的形狀也不像。

「你該不會是要說，歹徒的大本營會就此浮現吧？」

大島語帶挖苦地說道，折尾卻回答道：「有這個可能。」這時，一股鼻息突然從他鼻子呼出，我心想，該不會是連他自己也發現掰過了頭，忍不住噗哧笑了出來吧？

「我想，犯人就在參宿七的位置。」

「參宿七，是你剛才說的右下方那顆……」

「源氏星。」

如果八乙女車站附近那三個點是三星的話，相當於參宿七的位置，應該就在其東南方的宮城野區一帶。

「以獵戶座相近的形狀，試著在地圖上畫線，應該就能看出其大致的位置。」折尾話一說完，馬上搬動地圖，又想要畫線，我急忙加以阻止。

就算退一百步來說好了（真要我說的話，是要退一萬步才對），即便獵戶座的位置可以指出犯人所屬集團的位置，但如果是以這種近乎隨手亂畫的形狀來描繪，根本就沒有意義。地圖上一公分的誤差，會實際產生數百公尺的偏差。既然要畫，就應該仔細地畫好。折尾的工作是諮詢師，但對於如此不確定的內容卻講得這麼肯定，這樣能博得別人的信任嗎？我再次替他擔心起來。

本以為折尾見自己的行動被制止會不高興，但沒想到他竟然露出就此死心的神情。「我知道了，我就先幫各位的忙吧。不管是飯糰還是煎餅，我都會幫你們送去，不過我有條件。」

「條件？」

「請接受我的這個提案，一起幫我完成這個星座。」

車內陷入一陣沉默。這名戴著眼鏡、一本正經的成人所堅持的交易，內容實在是雜亂無章。

打破沉默的人是夏之目課長。「真是幫了我們一個大忙，那就有勞你了。」感覺得出他想趕在對方改變心意前將這件事說定的這份焦急，他的語氣相當堅定。

「不過……」折尾向前伸出手掌。「再怎麼看，我還是不想打開那戶人家的大門，走進屋內。那樣實在太危險了。」

「是沒錯。」他說的不無道理。

「請想想別的做法，別讓我被拖進屋內。」

這是理所當然的主張，就像別人叫他送食物去有隻可怕的野獸守在裡頭的洞窟，但真正的食物恐怕是他自己，他自己也明白這點。

「說得也是。」夏之目課長盤起雙臂。

眾人就此陷入苦思，低聲沉吟。我不認為會有解決辦法，開始心想「只能想辦法說服折尾了」，但這時卻出現一個意外的點子。

大島率先發言：「嫌犯也會肚子餓吧，應該會想吃飯。」

接著折尾馬上舉手，像小學生一樣以精力充沛的聲音喊道：「既然這樣，只要丟食物過去，他不就會撿來吃嗎？」

「什麼啊。」大島馬上應道。

「用丟的方式。」

用丟的？我一時間不懂他到底想說什麼。

「既然無法靠近，不就只能從遠處用丟的嗎？」

「食物用丟的，不好吧？」

大島執著在這一點上。至於我，則是差點就要回他一句：「怎麼可能做這種蠢事。」一笑置之。

「原來如此。」這時，夏之目課長竟然頻頻點頭。「這點子不錯。」

「這話怎麼說？」

「保持一段距離，請折尾先生丟餐點過去。對嫌犯來說，這樣也比較不會有危險，他應該也會希望警察離遠一點吧。」

站在屋外，像在撒豆驅鬼一樣，喊著「一、二、三」，將飯糰拋進屋裡，我光是想像這幕光景，便覺得這是十足的搞笑，但夏之目課長卻說：「只能往這方向去做了。」似乎已拿定主意。

故事進行到這裡，應該也需要從外面的視角來加以描述了。十分鐘後，今村和中村正悠哉地看著電視。

「中村老大，好像有動作了。」

播放仙台人質挾持事件的畫面上，映照出一戶獨棟房。手持麥克風的播報員是一名身穿夾克的年輕男子，可能是在現場待命過於疲憊，他的頭髮微微上翹，就像起床時睡亂的頭髮一樣。「看來是遵照嫌犯的要求，隊員們準備前往屋子。」

攝影機微微橫向移動，拍到機動隊排成一列前進的畫面。

「人可真多。」中村感嘆道。

「犯人手中有槍時，果然還是需要盾牌。」今村指著電視畫面中的機動隊員。「戴在頭上的頭盔看起來也很重，真辛苦呢。」

「防彈裝備都很重，不過，出現在電視上的機動隊，後面的人身上的防護部位好像是塑膠製的呢，一定是數量不夠。」

「那不是很危險嗎？」

「因為不能防彈，那我不幹了，總不會有隊員這麼說吧。就這樣前去面對犯人，真的很厲害，佩服。」

「受到專門闖空門的我們這樣子感謝，他們或許會很為難呢。」

「為了素昧平生的他人，冒險犯難，真的很了不起。」

「這不是在諷刺吧。」

「當然不是諷刺，也不是在挖苦他們。話說回來，黑澤他不要緊吧？」

「不知道他要不要緊，黑澤先生就算自己成了人質，大概也還是會替我們擔心吧。他不就是這樣的人嗎？」

「算是吧。」

儘管兩人的視線從畫面上移開，但電視畫面裡的那名身穿夾克、頭髮亂翹的男子仍繼續播報現場實況。也不知是因為太緊張，還是因為疲勞造成情緒亢奮，不，雖然和這起事件完全無關，不過，其實今天晚上他女朋友才剛跟他分手。如果說這當中沒半點自暴自棄的要素在，那是騙人的。觀眾就不用說了，就連他周遭也沒人知道這件事。總之，他的聲音愈來愈大聲，語氣也愈來愈激動。

「看來，似乎是要從隔壁人家丟餐點過去。雖然中間隔著一條小路，但應該是要從那邊的庭院丟向挾持人質的住家二樓陽台吧。」

不同於現場的轉播，人在攝影棚內的主持人問道：「餐點準備的是怎樣的食物呢？」

可能是與現場有通訊的時間差，隔了一會兒後，播報員才回答：「聽說是從便利商店買來的飯糰，好像是嫌犯下達的指示。」

攝影棚裡的主持人還算識相，沒問飯糰包的是什麼餡。接著他問：「那是飯糰丟得到的距離嗎？」

「算是大人丟得到的距離，可能是一次在塑膠袋裡放好幾個飯糰丟過去吧。考量到有可能會丟偏，應該會一次多準備幾份。」

「為什麼要這麼做？」

「詳情並未公開，不過，或許是嫌犯害怕警方靠近吧。」

「機動隊大批人馬一起行動，是因為嫌犯有槍的緣故嗎？」

「嫌犯可能持有手槍。」

「會從屋內開槍嗎？」

我這邊也幾乎沒任何資訊啊——播報員很想這樣大喊。他連自己女朋友為何主動和他分手都不知道了。不過，至少他還有點常識，不會問這種問題，所以他回答道：「應該是不可能否定，對方有開槍攻擊的可能性。」有說跟沒說一樣。

「警方會在附近的建築做好狙擊嫌犯的準備嗎？」

我說你啊，動腦筋想想好不好，嫌犯也可能正在看電視，我怎麼能回答這個問題。播報員這句話都已經來到喉嚨了，他明顯表情為之僵硬。

要是攝影棚那邊再問一個類似的問題，他或許會放聲大喊：「我受夠了！」

「啊，有人來到隔壁的住家了。門前站著一、二、三、四個人。」攝影機將鏡頭拉近，播出住家大門附近的畫面。有一棵大樹從庭院長出圍牆外，顯然平時疏於修剪。

「這已獲得隔壁住戶的許可了吧？」傳來攝影棚的來賓單純出於好奇所做的確認。

都這時候了，這種小事不重要吧？有沒有遵守法令已經無所謂了吧！播報員肯定差點脫口而出，但他還是回答道：「聽說警方已請求協助，獲得屋主同意。」

「接下來會怎樣呢？」攝影棚又傳來提問。

誰知道啊！——播報員把這句話嚥回肚裡。「也許正以電話和屋內的嫌犯交涉中。」

「這時候如果假裝成是食物，不是用手榴彈，而是用會冒煙的道具丟進屋裡，不知道會怎樣？」

我說你啊！要是嫌犯正在看電視怎麼辦！

「關於這點，嫌犯可能也很提防，陽台的窗戶一直緊閉著。可能是打算等確認安全無虞後，再前往拿取。」

身為播報員的他一直很賣力，盡可能正確無誤，盡可能做到即時，透過電視將內容傳遞給形形色色的人們，對象不光是今村和中村，也包括兔田。此外，各位或許已經忘了，在仙台港附近的倉庫裡，可說是這起事件始作俑者的綁架新創企業家——稻葉，他也用電腦螢幕在收看轉播。「兔田，現在不是吃飯糰的時候吧？」他滿腔怒火地從心底發出這聲低語，為了宣洩這股焦躁，他又想踢綿子一腳了。像隻可愛小動物的綿子，整張臉到處紅腫，模樣只能用慘不忍睹來形容，儘管如此，稻葉仍想加以折磨，只能說這個男人的內心已徹底腐壞，而這時電視轉播阻止了他。

「剛才丟出袋子了！」播報員大聲說道。

裝有飯糰的袋子，從不遠處的隔壁住家丟向陽台，雖然是很無趣的場面，連充當慶典的餘興節目都不夠格，但電視台卻想將它營造成非看不可的重要活動，這樣的熱中程度令人佩服。

從隔壁住家拋投塑膠袋，第一次失敗，第二次撞向陽台扶手，再度失敗，第三次終於順利丟進陽台。就像做出什麼偉大成果似的，從不知名的某處傳來一陣歡呼聲。接著繼續第四次投擲。

「啊，警方突然匆匆忙忙離開！」之後播報員突然大叫。「是發生什麼意想不到的情況嗎？機動隊員一同走了回來！」

從隔壁住家的庭院返回的我們，宛如從前線歸來的士兵般，接受眾人的迎接，隊員們急忙朝我們聚集。

「春日部，沒事吧？情況怎樣？」夏之目課長靠向我。他睜大眼睛，明顯看得出替我擔心，但我覺得這同樣只是在扮演一名為下屬擔心的上司。

「那邊的二樓窗戶微開，但看到一個像槍口的東西。」

我會被射中的！折尾大為慌張，不聽我的指示，便擅自想要離開，我們也急了起來，最後只好和他一同返回。

「是對方的威嚇嗎？」

「可能是。如果我們一直在那裡的話，他就不方便拿取陽台上的東西了。」真想在那裡待久一點。「折尾……折尾先生跑哪兒去了？」

「在車內。」

從嫌犯挾持人質的屋子外頭拋擲食物。

嫌犯一開始原本不接受這個提議，因為他的目的始終都是：「送折尾到屋子裡來。」

也不知道是夏之目課長仔細且鍥而不捨的說明奏效，還是嫌犯認為得先確保有食物可吃，最後他下達指示：「如果是從隔壁的庭院，可以看見我這邊的陽台，就從那兒丟。先這麼做。雖然我想以人質交換折尾，但這件事等之後再說吧。快點丟食物過來，不要有其他小動作。只要用力丟，應該就丟得過來。啊，就讓折尾折尾丟吧。我想先看看折尾的模樣，因為我想確認是否為折尾本人。」

夏之目課長和我們都判斷這是折衷點。「我們不能只帶折尾先生過去，雖然我不認為你會這麼做，不過，要是他被你開槍射中的話，事情可就麻煩了。」

「我不會開槍射他，折尾折尾要是死了，我也會很傷腦筋。」嫌犯說。

「話雖如此，我們也不可能就此放心，請你體諒我們的立場。」

嫌犯最後同意機動隊員和折尾一起同行。他補上一句：「不過，如果你們敢亂來的話，我就射殺屋裡的人質。」

最好有人一起同行——此話一出，我馬上舉手。因為我要是不舉手，夏之目課長可能會說：「那我去吧。」負責現場指揮的課長要是有什麼萬一，那可就麻煩了。

「餐點順利地丟進陽台了吧？」夏之目課長向我確認。

「要從庭院丟往對面二樓，沒想到還挺難的。因為有一段距離，而且坦白說，光靠折尾一人根本沒辦法。」一名機動隊員代為拋投，好不易才丟了兩袋上去。

也不知是幸運還是不幸，隔壁人家的住戶來不及避難，還待在家中。搜查員前往拜訪時，他前來應門，搔著頭很難為情地說：「我睡著了，當我醒來時，已是這種情況。」「請讓我們使用府上的用地。」起初屋主對於我方提出的要求感到排斥，還說：「要是發生什麼事的話，很可怕呢。」但搜查員帶他前往安全的場所後，可能是情緒就此平靜下來，他改為對我們說：「如果有需要，也可以走進我家中。」不過，最後我們還是沒上二樓，而是選擇從庭院拋投。

「看不到屋內嗎？」夏之目課長問。

「看不到，陽台後面窗簾緊閉。在看到槍口前，連影子都沒瞧見。」

「沒任何進展是吧。」

「我很遺憾。」

我與夏之目課長相對而坐，看見折尾從他背後走來。他走下車，手扶著滑脫的眼鏡，朝我們走近。「你們饒了我吧，我差點沒命耶。」他嘟起嘴說道。「那是槍對吧？我看得很清楚，他瞄準了我。」

「我覺得那只是像在嚇唬。」我其實很想對他說，都是因為你驚慌失措地逃跑，害我們就此喪失接近嫌犯的寶貴機會。

這時夏之目課長取出手機，說了一句「嫌犯打來的」，接起電話。

我很在意嫌犯會說些什麼，靜靜盯著夏之目課長。

「嗯，沒問題吧？我們只是看到槍口，有點緊張而已。陽台的袋子拿了嗎？這樣啊，等你肚子餓了就去拿吧。我們不可能在裡頭加什麼東西。你如果擔心的話，就仔細查看一下，不需要的東西大可丟棄沒關係。」

「請問……」夏之目課長講完電話後，折尾向他喚道。「嫌犯說了什麼？」

「沒特別說些什麼。不過，他看過折尾先生後，似乎已明白是本人沒錯。」

「本人？」

「也就是說，你正是他要找的折尾先生。」夏之目課長別有含意地說道，望著折尾。我也將視線移往他身上。「你們果然有關係對吧？」

折尾扶著眼鏡，語帶不悅地說道：「說……說這什麼話。嫌犯和我，你到底相信哪一邊？」

當然是嫌犯啊——我差點脫口應道。「不過……」

「啊，對了。」折尾可能是想改變話題，提高音調說道。「請遵守約定，照我們的約定展開調查。」

「約定？」夏之目課長不是在裝蒜，而是真的一時意會不過來。

可惡，竟然還記得——我差點就此罵出聲來，要是他因為剛才的慌亂而忘了這件事就好了。

「之前說好的，你們會展開調查。」

「調查？」夏之目課長又問了一次後，這才點頭應道：「哦，星座的……」

「沒錯。星座的位置很重要。參宿七的所在地。」

「對對對，參宿七。」課長配合他搭話。

「你會幫我調查對吧？」

「這是當然。」我很想回他一句，現在沒空管這個，我們沒那個閒工夫陪你胡鬧，但折尾協助我們也是事實，之後有可能還要繼續請他協助，所以實在不想引發他不必要的反彈。「你到底想調查什麼？」

我們到車內談吧——夏之目課長如此提議，我們決定回到車內。

我在意媒體的動向，轉頭查看，只見手握麥克風的記者們一臉認真地在傳遞消息。

「待會兒得跟他們說明才行。」

「要是沒有新的消息，媒體也很傷腦筋吧。」

「說得也是。」夏之目課長猛然轉身，望向扛著攝影機的人們。「這些賣力工作的播報員，在工作之外，也有另一種不同的生活。」

「咦？」

「不，我只是突然有這種感想。也許他們是犧牲與家人相處的時間在這裡工作，所以也可能有人突然被叫來，就此匆匆與愛人分手。」

「哦。」

我不由自主地隨口應道，不過，夏之目課長似乎也只是脫口說出心裡的想法。

「工作這種事……」他就像在說服自己似地說道。「就像是會將人生大半時間都吞噬掉的怪物。」

「如果沒有工作，人生也無法持續下去。」

「拜此怪物之賜，人們才得以活下去是吧。」

回到車內後，折尾已做好準備，對我們說道：「來吧，請展開調查。」將手機遞向我們面前。

「呃……該怎麼做呢？」我很想粗魯地回嘴，但強忍了下來。

「剛才那張被害人名單上有空欄，記得嗎？我想把名單的空欄填滿。只要知道上頭的住處，就能完成星座的形狀。」

「形狀是吧。」一旁的隊員毫不掩飾不以為然的口吻。

折尾不以為意，接著說道：「其實這空欄的被害人好像會主動聯絡。」

「聯絡？誰啊？」

「不是說了嗎，就是這名單空欄裡的人。」他搖晃手中的手機。「他們會打電話來，而我則會問出對方的住處。也就是說，能夠在這張地圖上……」折尾指向背後的桌面。「畫上黑點，這肯定能形成獵戶座的形狀，所以能從中得知參宿七的位置。」

「參宿七是吧。」另一名隊員語帶嘆息地說道。

「因為可以得知參宿七所在位置的電話就快打來了。」

聽他的說法，彷彿能接收到遠方星星傳來的電波似的，我聽了只能傻眼。

「折尾先生，我們該怎樣具體地幫你呢？看著你在地圖畫上黑點嗎？」夏之目課長聳了聳肩。

「可以這麼說，只要好好聽我說就行了。」

「明白，這個簡單，對方會打電話來對吧。」

「沒錯，如果對方沒告訴我他的住處時，警方可以自行調查嗎？」

「我們？調查什麼？」

「住處啊，那叫反向探測是吧，應該沒那麼誇張吧？」

「如果是和這起挾持事件有關的話。」挾持事件發生時，會請求各通訊公司協助，該負責人會在公司裡待命，所以能取得通訊資訊。

「和這起事件大有關係。」折尾說得斬釘截鐵。「因為只要完成星座圖，就能知道參宿七的位置。」

不過就結論來說，折尾這番話並未說中。

的確，折尾的手機響起。

直的打來了！我們為之一驚，但驚訝也只有一開始，我們對照訊號發射資訊，依照通訊公司所給的資訊在地圖上畫上黑點，結果與折尾得意洋洋畫出的區域一對照，位置根本相差十萬八千里。就算再怎麼放寬標準來看，這也不像是獵戶座的圖形，讓人忍不住想笑。一旁的夏之目課長也聳了聳肩。

雖然也稱不上大費周章，但如此專程地對照資訊，有種白費力氣的感覺，心裡很不是滋味，這也是事實，同時也對說得自信滿滿的折尾感到同情。

至少比較欣慰的是，這沒浪費太多成本。在時間、勞力、費用方面，都沒造成多大的損失。

折尾靜靜望著地圖，突然轉為沉默，刻意避開與我們目光交會，說了一聲「我出去一下」，就此走下車。

夏之目課長朝我使了個眼色。「去看一下折尾的狀況。」

「要替心情低落的他打氣嗎？」

「沒錯。」夏之目課長面露苦笑。「還有，順便查一下折尾他手機的相關資訊。從持有人的資訊，或許能得知折尾的詳細身分。」

我一下車，馬上便看到折尾的身影。他似乎相當沮喪，難道他對自己的「星座說」真的那麼有自信嗎？這點反倒是令我相當欽佩。

「折尾先生，你不要緊吧？」我朝他叫喚。

他一直都沒發現，直到我又叫了一次：「折尾先生，你不要緊吧？」他才回頭。

「啊，真傷腦筋，獵戶座的形狀完全不對。」

這名可疑的占卜師展開瞎猜的預言，結果完全失準，就此情緒低落，我不否認自己心裡暗笑他活該，但又有點同情他。

折尾仰望天空，以幾乎可以打出「苦惱的男人」這個標題的姿態來回踱步。

這個時候，有人叫喚「春日部先生」，我回身而望，看到大島正從後方朝我跑來。

「怎麼啦？」

「嫌犯主動聯絡，情況有點古怪。」

「情況古怪？怎麼說？」

「他突然開始說一些莫名其妙的話，例如：『我想結束這一切。』」

「這什麼意思啊？」

「不知道，現在夏之目課長正在和他通電話。」

「我明白了，我馬上趕過去。」

在大島的叫喚下，春日部代理課長往前踏出一步，但他發現有張紙掉在地上，急忙停步。

撿起來一看，是一張折四折的紙。

「啊，那好像是我掉的。」

「折尾先生，這是你的嗎？」春日部代理課長把紙交給折尾。

這張紙是什麼，各位應該猜想得到吧。它就是「黑澤的但書」。

也就是說，現在掉落這張紙的男人，不是別人，正是黑澤，就如同讀者們所看穿的。他從春日部代理課長手中接過那張紙，略感不悅地暗忖：「今天為了這張紙，搞得人仰馬翻。」然後將它塞進口袋裡。

「折尾先生，請你隨後一起過來。」在春日部的吩咐下，黑澤應了一聲「是」。以別人的名字叫他，果然一時間反應不過來。剛才也是，等了一會兒才對春日部的叫喚有反應。

他環視四周。整個市街宛如屏氣斂息一般，悄靜無聲。

挾持犯從二樓跳下來了！過了約十分鐘後，四周變得無比喧騰，宛如置身煮沸的熱水中一般。

「真正的折尾折尾」已經死了。

是什麼時候死的？在發生挾持人質事件的數十分鐘前，他在仙台車站被兔田發現，大吃一驚，就此逃離，數十分鐘後便一命嗚呼。

我最好還是對此事做一番說明吧。

地點是橫貫泉區的縣道後方小路。

不同於向來車水馬龍、有時還會塞車的縣道，這條單行道又窄又暗，行駛在這條小路得繃緊神經，所以幾乎沒車輛通行。

有一名男子。

一名年輕男子走在這條路上。

他低著頭，暗自嘆息道：「我運氣真背。」

他為了治療過敏，搭公車來到醫院，卻丟了錢包，徒步走了好一大段路回家。錢包當然不是自己消失不見，其實是他在醫院結完帳後，身邊的人從他口袋扒走，但他渾然未覺。

真是楣運連連的人生啊，他對此情緒低落。事實也確實如此，在家中，父親總是對他暴力相向，而他在少年時代和青春期成為同儕霸凌的對象，儘管他一直刻意低調平穩地度日，但在大學畢業後任職的公司裡，偏偏又成為上司宣洩壓力的對象，最後被迫離職。

結果連左鄰右舍也開始傳聞：「那戶人家的兒子都不工作，整天遊手好閒，真是沒用啊。」

當然了，當中有一部分是他自己努力不夠，沒使出全力擺脫這種楣運連連的狀態，但他確實也深受環境折磨，如果把一切原因都歸咎是他努力不夠，顯然又過於苛刻。

而當時他在沒有錢包的狀態下，拖著沉重的步伐行走，正巧遇上這起突發狀況，堪稱是對他乏善可陳的人生展開清算。

這一切得從他與折尾折尾相撞起頭。

為什麼會相撞？

因為他們兩人都低頭看手機，沒注意看路。折尾折尾是在找尋有無適合的旅館，而男子則是上網搜尋，看遺失錢包時該採取什麼行動。「邊走路邊看手機」有多危險，會如何毀了一個人的人生，這件事剛好是個活範本。

兩人肩膀互撞，男子悄聲道歉，但折尾折尾沒聽到，而且剛才差點被兔田逮著，他才剛成功脫逃，所以情緒很激動。

搞什麼啊你，走路要看前面啊——明明自己也不看路，卻隻字未提，雙手就這麼往男子用力一推。

就在這時，一輛車駛來，駕駛是一名女性，她認為兩人像在打架，心裡留意此事，之後也告訴了警方，不過當時她就只是路過。

折尾折尾粗魯地出手，手指劃過男子眼睛，他因刺痛而手按臉部，原地蹲了下來。

這時折尾折尾要是能迅速離去就好了。但他想朝年輕人踢一腳，這點實在不應該。年輕人感覺到折尾折尾朝他走近，怕他又要出手攻擊，於是便在視力尚未恢復的狀態下，雙手往前伸，以環抱的姿勢，抱住了折尾折尾的雙腳。

各位猜結果如何？

雙腳被抱住的折尾折尾，就像添水用的竹筒往回彈一樣，當場往後仰倒，後腦重重撞向地面。

就這樣一命嗚呼了嗎？

沒錯，折尾就這樣送了小命。

年輕人極力睜開眼睛，想知道發生何事，結果看到折尾折尾仰躺在自己面前，就此愣在當場。他癱坐在地，一再試著碰觸折尾的身軀，但因為手不停發抖，無法判斷折尾是否還有反應。

這時他只想到唯一一個可以商量的人。

就是生下他，將他養大的母親。長期以來，母親一直受父親這名家中的暴君所支配，看在這名年輕人眼中，母親同樣是個倒楣人；雖然他都當母親是個老是鞠躬哈腰的弱者，甚至瞧不起她，但他能仰賴的人，也就只有她了。

他一句話都還沒說，接起電話的母親馬上向他問道：「勇介，發生什麼事了？」

她也萬萬沒想到兒子竟然會告訴她「我殺了人」，就此失去冷靜。她只能回答兒子一句：「我這就開車過去。」當哭哭啼啼的勇介問她：「這個人已經沒了呼吸，我該怎麼處理？」她反射性地回答：「能搬到沒人看得到的地方嗎？」想往隱匿此事的方向走，全是基於一份憤慨。她心想，長期以來，我明明一直忍受著這種楣運連連的日子，但為什麼還得接受如此殘酷的對待！

我們回到黑澤被捆綁的場面吧。他在勇介家一樓被捆綁，兔田在走廊上和稻葉講完電話，回到客廳。

「剛才你在電話中提到折尾這個姓，他就是你要找的男人對吧？」黑澤問。

兔田朝他投以「是又怎樣」的目光。

「你要找的折尾，人在二樓。」

黑澤這句話，令兔田為之一驚，而另一方面，手腳受縛，坐在一旁的勇介和他母親也同樣大為吃驚。

「就在床底下，就在一開始你發現我的那個房間床下。」

「什麼？」

「床下有具屍體，那應該就是折尾折尾。」

「屍體？」也難怪兔田聽不懂黑澤說的話，他愣在原地。

「我一開始一直以為那是這戶人家的父親。」

所以黑澤認為這對母子與父親不和，他們或許會配合他說話。

兔田的視線一會兒上下飄，一會兒左右移。他還搞不清楚狀況，他的眼神清楚說明了一切。上面的屍體？這是怎麼回事？

勇介與母親的眼神則是透露出「為什麼他知道？」的想法。

黑澤望向兔田說道：「你之前不是拿槍比著我，要我趴著嗎？我趴下後，就看到了床底下，床下明顯躺著一具屍體。」

他沒說謊，一開始被兔田持槍抵住時，他趴在地上，就此看到床下的景象。

「喂，當時你怎麼沒說？」

「你那時候如果問我床底下有什麼，我就告訴你。」

喂喂喂——兔田如此叫道，但之後一直都沒開口。他望著天花板，明顯處於恍惚狀態。

兔田心想，的確，包含床下在內，應該搜查得更仔細一點才對。因為一會兒挨黑澤撞擊，一會兒真正的父親打電話來，慌亂的事接連發生，使得他把這件正事往後延。為什麼之前沒檢查床下呢？他對此深感自責。但事實上，就算他早一點發現床下的屍體，情況應該還是一樣沒變。

兔田衝上二樓，就像是趕去看考試放榜一樣，一臉做好心理準備的神情。接著一分鐘不到，傳來他重重踩向樓梯的聲響，再度返回一樓。

他來回望著勇介和那名母親，撕下母親嘴巴上的膠帶，以沙啞的聲音要求她解釋清楚。「喂！這到底是怎麼回事！為什麼人在床底下。喂，這到底是怎麼回事啊？」

「我說得沒錯吧。」只有黑澤顯得很沉著。

母親說道：「因為我們想要處理。」她先是熱淚盈眶，接著放聲大哭。不光只有今天，而是在今天之前長期的忍氣吞聲，以及她和兒子兩人一直忍受這霉運連連的人生所感到的可悲，或許都趁這個機會一次讓它流個夠。

起初兔田朝她大喊：「喂，現在不是哭的時候吧。」但後來可能是推測在她情感的洪流停歇之前，說什麼也不管用，兔田就像在等雷陣雨停一樣，靜靜等候那名母親自己開口。

過沒多久，勇介主動說明道：「那是我做的。」

「你？」

勇介說出自己在那條小路上與一名擦肩而過的男子相撞，對方推了他一把，他為了保護自己，抱住對方雙腳，結果對方往後仰倒，就此喪命，他與母親商量後，把人搬進家中。「正當我在思考該如何是好時……」

「我就來了是嗎？」

「所以我暫時把人藏在床下。」

因為前面一直提到《悲慘世界》，所以這時或許有人腦中會浮現小說中那名青年馬留斯為了假裝自己不在，而躲在床下的場面，不過這單純只是偶然。話說回來，折尾折尾並非自己躲藏起來，而是因為喪命，才硬被人塞進床下。

「那個人竟然就是折尾折尾。」

「我馬上將他的背包丟進垃圾袋裡，沒想到裡頭竟然會有那種東西。」

兔田用力抓扯著頭髮。「我該怎麼辦才好！」

黑澤語氣平淡地說道：「我說的沒錯吧？不管你要怎麼辦，你要找的男人已經找到了。這樣一切都解決了，沒錯吧？接下來你要怎麼做都行，先替我們鬆綁吧。」

「不，根本沒解決。」兔田放聲大叫，黑澤和勇介他們都忍不住望向四周，擔心家具會因此搖晃。勇介不經意地暗忖，掛在牆上的時鐘略顯傾斜，是因為剛才那聲大喊，還是原本就歪斜呢？

「請問……」戰戰兢兢開口詢問的，是勇介的母親。她終於停止流淚，微帶破音地說道：「請問您是處在怎樣的狀況？如、如果您肯說出來聽的話……」

現在又不是在進行諮詢，為什麼我得說出我的狀況給你們聽啊？——兔田原本應該要毫不客氣地一口回絕才對。但「應該這麼做」卻做不到，這正是普通人，於是他開始道出自己所處的狀況。

「請盡量長話短說。」黑澤如此說道，兔田點了點頭，就像在說「這是當然」，但有時愈想說得簡單扼要，愈會說得一團亂，儘管他在說明時也會夾雜「總之」、「簡單來說」這樣的用語，但還是花了不少時間才讓在場的三人明白前因後果。我心愛的綿子，啊，簡單來說，就是我太太，其實，與其說是我太太或我老婆，還不如稱她為綿子，她就是這麼軟綿綿的可愛女人，但她卻被人綁架。我知道綁架她的犯人是誰，因為我原本也是他們的同夥，沒錯，我原本就不是個正經的一般市民，我是罪犯的同黨。兔田就這樣沒有段落區隔，拉拉雜雜地說個沒完。

在聽完他一點都不簡短的簡短說明後，勇介的母親說：「只要找到那個人，你太太就能獲救是嗎？」

勇介嘆了口氣，黑澤聳了聳肩。

兔田指向天花板。「妳是在裝傻嗎？那傢伙已經死了，就在上頭。」

啊，對哦——母親縮起身子。

「那個人吩咐你帶活人回去是嗎？」

「那當然，折尾折尾將我們集團的錢藏到某個地方去了。」兔田現在已不排斥說出自己的情況。現在隱瞞已沒任何好處，他希望能和他們共同分享自己的苦處，至少說給他們聽也好。與其自己一個人面對這些辛苦和擔憂，還不如講出來比較輕鬆。「他們想知道那筆錢藏哪兒去了，一個死人有辦法說嗎？」

「應該沒辦法吧。不過折尾折尾的死，並不是你害的。對吧？既然這樣，那你沒有過錯。」

「問題不是我有沒有過錯，而是如果沒帶折尾折尾回去，他們就不會放人質回來。」

「可是，折尾折尾已經死了。」

「對不起。」

「要道歉的話，應該是跟死者說才對吧。」

「我到底該怎麼辦才好！」兔田打從心底感到苦惱，之前為了假裝而刻意大聲說話的從容，現在已不復見。此刻他的大聲吶喊，是他內心恐懼的呈現。

「打電話去說明如何？就說，我找到折尾了，但他死了，我接下來該怎麼做？或許對方還會誇你幹得好。會嗎？」

「才不會呢。」

「這樣的話，你就別待在這個地方，趕快去救你老婆吧。」

「就是不知道人在哪裡啊！」

「別生氣，這時候生氣也無濟於事吧。的確，如果人是在東京的話……」

「不，綿子人在這裡。」「你說的這裡是指？」「仙台，或者是仙台附近。」「特地到這裡來嗎？是要她觀賞自己丈夫的活躍表現嗎？」「因為我們說好，只要一找到折尾，就會馬上換回綿子，所以他們會把綿子帶來這裡。總結來說，他們一樣時間緊迫。」

「如果是這樣的話……」黑澤靜靜地說道。「你要卯足全力找出綿子，仙台並不是什麼多大的都市。這麼做，比待在這裡更有建設性，對吧？」

「他們會檢查我人在哪裡，一直盯著這支手機的位置資訊瞧。」

「雖然你說會一直盯著瞧，但應該不會一直即時追蹤才對。」位置資訊發送器，大多是將資訊記錄在紀錄檔內，或者是在搜尋或收信的時候才會告知位置資訊。

「可是不知道他們什麼時候會搜尋我人在哪裡。要是讓他們知道我有什麼奇怪的舉動，那就糟了。」

「只看位置，無法分辨你是在找折尾，還是在找自己的妻子吧？只要對仙台展開地毯式搜尋就行了。而且手機電池也可能沒電。」

「要是我手機沒電，他們也可能會沒電吧，這樣會不知道他們想做什麼。」

就這個層面來看，得趁現在先充好電才行，兔田開始在意起這件事來。

「總之，你最好趕快去找出你太太。」

「可是沒有任何消息啊。」

「下次對方打電話來時，你若無其事地加以打聽如何？就說，喂，呃……那個人叫什麼來著？」

「稻葉。」

「喂，稻葉先生，你現在看到月亮出現在哪一邊呢？這樣就能稍微知道稻葉所在的位置。」

「你是笨蛋嗎？這樣問哪叫若無其事啊，他怎麼可能會說。」
「剛才不就說了嗎？」
「啥？」
「稻葉這個姓氏啊，就是綁走你太太當人質，對你下達命令的傢伙。如果我當面叫你告訴我那個人姓什麼，你可能不會這麼直接地告訴我。正因為像是為了其他目的而順便詢問，所以才會不自主地說出。」
「是這樣嗎？」兔田雖然嘴巴上這麼說，但其實心裡已經開始動搖。在他說出「稻葉」這個姓氏時，雖然略感在意，不知道說出來恰不恰當，但同時心裡也想「透露一點又有什麼關係」，緊繃的心情已略微放鬆，這也是不爭的事實。
「我在談別的問題時，順便提問，只要別讓你感覺出是在提問，你就會自己說出來。就像假裝是在占卜，以問出對方生日一樣。就以這個方式問出稻葉的所在地如何？然後馬上趕過去就行了。不過，就算知道對方的所在地，能不能把人救出還是個問題。」
基於希望兔田早點離開的念頭，勇介和母親也頻頻用力點頭，但他們對於黑澤這個提案的內容幾乎完全不了解。
「我說過，他們不是那麼好對付。我不去找折尾，反而前去把綿子搶回來的可能性……把人搶回來好像有個比較帥氣的說法，叫什麼來著？」
「奪回嗎？」勇介說。
「對對對，就是奪回。我想把人奪回的念頭，他們應該也早料到了，所以絕不會告訴我他們人在哪裡。只要不知道他們的位置，我也無技可施，就這樣等到時間結束。」
「時限是到幾點？」
「其實是今天一整天。我得趕在今天結束前帶折尾去見他們，他們之後還得從折尾藏匿的戶頭中匯款給別人才行。」
「那還有時間。如果跟他們說，我找到折尾了，但帶過去的途中遇上塞車，這樣如何？塞車又不是你的錯。」
「這種藉口不可能行得通。有沒有塞車，一查便知。要是讓他們知道我說謊，綿子可就危險了。」
「也許真的塞車也說不定。」
「你是要我傳送實況影片給他們看嗎？然後說：『喏，現在剛好塞車，我沒騙你哦。』是嗎？說什麼傻話啊。要是對方要求折尾講電話，那就穿幫了。」
而黑澤就是在這時候腦中閃過這個點子，換言之，讓這件事成為白兔事件的計畫，如果用一個沒人會稱呼的名稱，那就叫白兔作戰，它就是在這時候誕生。

「就是它。」

「就是它？」

「實況影片。只要讓稻葉看你現在所遭遇的麻煩狀況就行了，就說你因為身處這樣的狀況中，所以無法動彈。」

「要怎麼做？用網路傳送嗎？讓他們看畫面嗎？」

「採正面進攻，用簡單易懂的方式比較好，這樣就不會被懷疑。」黑澤如此說道，指向房間角落的電視。

「電視？」

「利用電視新聞，讓他們報導這裡發生一起挾持事件。這麼一來，對方也容易做確認，因為只要看電視就會知道。」

「要叫媒體來嗎？」

「要把事件鬧大，挾持人質算是很嚴重的大事件。只要上了新聞，稻葉就會知道你是因為這樣才延遲。」兔田想回話，但黑澤打斷了他。「對方可能會開罵，說這不是藉口，但也可能不會，只要你說：『我有個方法可以找到折尾折尾，給我點時間。』他們應該會配合。他們不也是無技可施嗎？既然這樣，應該就無法完全放棄你。只要向他們透露，你有個好計畫可以找出折尾折尾，這樣就沒問題。」
「可是折尾折尾已經什麼事也做不了啊。」兔田望向二樓。
「沒錯，那是沒有辦法的事。可是你真正需要做的，不是履行你與稻葉的約定。」
「是奪回綿子！」兔田每次只要一說到「奪回」這個字，就感覺全身蘊滿力量，就像他獨自一人在呼口號一般。
「既然這樣，就放手去做吧。藉由挾持事件轉播來爭取時間，趁機找出稻葉的所在地。然後你就趕往那邊，將你太太……」
「奪回！」
「這樣做就行了！」
黑澤說到這裡就此打住，如同以此表示他已做完作戰解說。就像管絃樂演奏結束後，會有一拍的安靜空檔，然後眾人一同熱烈鼓掌一般，其他三人在沉默片刻後，紛紛開口提問。
「我認為沒那麼簡單。」「要怎麼找出稻葉的所在地？」「我們接下來會怎樣？」
黑澤將這三個提問當和音看待，雖然無法一一聽取他們的提問，但大致想像得出他們想知道的是什麼。

黑澤想起因幡白兔的故事。

那是《古事記》裡的故事。

白兔從隱岐島前往因幡時，為了渡海而欺騙鱷魚。牠說要數鱷魚的數量，請牠們排成一列，然後一路從牠們背上跳過，這是白兔想出的策略。但在徹底渡完海前，牠一時多嘴說出：「你們上當啦！」「謝謝你的受騙，鱷魚。」之類的話，其實當時所說的「鱷魚」是鯊魚，總之，因為白兔瞧不起牠們，惹來牠們的惱怒，而將白兔抓來剝皮。黑澤提到這個故事，說道：「如果你同樣也做這樣的安排，最後不也一樣可以到達對岸嗎？」

「照這故事來看，最後會被剝皮呢。」

「你就忍著點吧。」

「也對，只要能到達綿子身邊，剝一兩層皮我也不在乎。」

「會剝幾層皮就先別管吧。」

「不過，你說安排，到底要怎麼做？我從剛才就一直提到，我不知道要去哪兒救她。」

「不，等等。」這時黑澤露出猛然驚覺的神情，手往前伸。「話說回來，與其這麼麻煩，乾脆向警方說出一切不就好了？」
「警方？」
「就說：『我太太被人綁架當人質，請幫我找出歹徒的所在地，將他們逮捕。』警方便會協助你，打從一開始就這麼做不是很好嗎？」
這樣問題不就解決了嗎？
兔田差點又要拉扯起頭髮。「我也想過要這麼做啊。」
的確，兔田也這樣想過。雖然過去他認為警方之類的公家機關，在他的人生中算是站在敵對的立場，但或許他們其實是在保護他，在這種緊急事態下，可以倚賴他們。「可是這麼做有困難，我實在無法相信警方。」
「這話怎麼說？」
「假設警察找出綿子的所在地，大動作地開著警車趕去，稻葉一定會判斷是我背叛了他，而就此殺了綿子。」
「那就事前跟警方說明清楚，和綁架事件一樣，仔細跟警方說明，請他們行動時低調一點，並叮囑他們不要大動作趕往現場，他們應該就會謹慎行事吧？」
「或許吧。不過，警方裡頭有稻葉的內應。之前有過幾次經驗，讓人只能做這樣的猜測。聽說警方當中，有人擔任提供稻葉消息的角色，以此代替支付贖金。

因此，要是他知道我跑去哭求警方的話……」

「那是你自己的想像，也可能警方裡面沒有內應。」

真要說正確答案的話，警方內確實有稻葉的內應。不過，若問到管轄仙台的宮城縣警總部裡頭是否有內應，那倒是沒有。畢竟要在全國各地、各都道府縣都準備內應，實在不太可能，這方面只能說是兔田太杞人憂天，不過這時候他當然還無從得知此事。

而就黑澤來說，他嘴巴上說「不，應該沒問題」，極力推動這項計畫，其實也沒根據，不具任何說服力。不可否認，就算他們暗中向警方求援，也很可能因為些許的差池，而讓稻葉察覺出他們的行動。

「這麼說來，還是只能自己找出稻葉的所在地嘍？」黑澤就只是說出腦中浮現的想法。「我們簡單地來想這件事如何？要是稻葉打電話來，就能調查他的發信地，這樣馬上就會知道。」

「我說你啊。」兔田似乎覺得很傻眼，嘆了口氣。「這種事怎麼可能辦得到。你要怎麼做？話說回來，那傢伙連電話號碼也不忘隱藏。」

「沒來電顯示是嗎？」

「這樣你有辦法調查嗎？」

「我？我當然沒辦法。」黑澤馬上承認。「不過……」

「不過？」

「警察有辦法。」

兔田皺起眉頭，接著他朝黑澤露出狐疑的眼神，就像在看一名精神有問題的男人一般。

「讓警方去調查。」

說到這裡，直覺敏銳的讀者或許已掌握事情的流程以及白兔事件的全貌，不過，也不能就這樣簡短地說一句：「就是這麼回事，接下來就有勞各位自行想像了。」然後就此結束。事實上，黑澤雖然已掌握計畫的流程，但兔田還沒搞清楚。

「要怎樣讓警方著手調查？」兔田眉頭緊蹙。

「一旦成了挾持事件，警察就會趕來。只要對方的電話號碼和事件有關，不就會著手調查嗎？」

「反向探測是嗎？」

「也沒那麼麻煩啦。因為現在已是數位時代，在電話打來的瞬間，應該就能知道是哪個號碼打來、連往哪個基地台，這與有沒有來電顯示無關。」

各通訊公司在出示通訊資訊時，都訂有出示個人資訊的相關瑣細規定。反過來說，當透過合法的步驟要求對照時，就能馬上掌握資訊。

光是這樣，還是無法讓兔田接受。「他知不知道自己現在說的話有多離譜啊？你們說是吧？」兔田甚至還徵求勇介與他母親的同意，而勇介也實際提出質疑。「如果是警方，的確有辦法反向探測，但那終究都是為了搜查之用。要如何得知查到的結果？難道你在警方當中有認識的人嗎？」

「我不認識半個警察，也只能想辦法接近警方的搜查陣營了。如果待在警方身邊，或許就能得到消息。例如負責說服嫌犯的人，以這種角色接近警方，你們看怎樣？有沒有這樣的人？」

「不知道，有這樣的人嗎？能在警方身邊得到消息的，就只有警方相關人員吧。」

「像福爾摩斯和柯南就都待在警方身邊。」勇介在一旁插話，兔田朝他罵道：「你別鬧。」

「不過，也常有為了說服犯人而特別把人找來的情況。」勇介的母親說。

「例如以前的刑事連續劇就是這樣。」

「我說你們，不要一想到什麼就講好不好！」

「不，他們說的倒也不是完全沒道理，只要是警方認定的重要角色就行。」

「才沒這種角色呢。」

「也會有犯人指名要找某人過來的情況。」勇介的母親不肯罷休，又說了一次。

「如果是你要叫某人過來的話，你會叫誰？你希望警方帶誰過來？」黑澤望著兔田。

以兔田來說，他當然是希望能帶綿子過來，但如果這不可能辦到的話……他尋思片刻後，回答道：「既然這樣，那應該是折尾折尾吧。如果我是挾持犯，應該會叫警方帶折尾折尾過來。雖然不知道結果會怎樣，但既然我無法自己去找人，就會想讓警方去找人。」

「就是它。」

「什麼啊？」

「犯人要求『叫折尾折尾來』，如果折尾折尾出現，應該就能待在警方身邊了。」

「你是笨蛋啊，折尾折尾已經死了耶。」兔田皺著眉頭，指向二樓。

「只要假扮他就行了。」

「誰來假扮？」

黑澤對在場的兔田、勇介、母親三人依序望了一眼後，說道：「這裡頭的某人是吧。」黑澤馬上明白，若以消去法來看，就只有他自己了。他低聲道：「雖然我很不想這麼做……」兔田可能當這是黑澤的參選宣告，一臉詫異地問道：「你當折尾折尾要做什麼？」

不用說也知道，黑澤百般不願。他很清楚自己不擅長假扮他人，而且他剛才假扮別人的父親，最後還穿幫，所以他當然不想再重蹈覆轍。但這時他還是打算接下這個差事，因為再這樣下去，一樣不會被釋放，而且情況也不會有任何改變。

「沒錯，由我來假扮折尾折尾，以此接近警方。」

喂喂喂，你是認真的嗎——兔田大為吃驚。

「坦白說，我其實沒那麼認真。」

「不！」兔田可能是已經料到，如果這個男人這時候抽手，他就無技可施了，對此感到焦急，口沫四濺地喊道：「不，請你要認真一點。」雖說這也是因為他很拚命的緣故，但實在也太任性了。

「折尾折尾是個怎樣的男人？給我資訊，我要以此當參考來假扮。」

兔田略顯慌亂，但旋即接著說道：「折尾折尾這個人啊……」

兔田開始針對折尾豐的為人娓娓道來，但這就如同名為「折尾折尾入門」的講座般。「這是短期集中課程，所以你要努力記住哦。」兔田就像是這樣說似的，陸續提供折尾折尾的相關資訊。例如「他說自己是一名諮詢師，但不清楚他實際都在做些什麼」、他似乎很擅長做出「到這一步為止似乎可說是正確無誤」這樣的推論、一聊到星座的話題，尤其是獵戶座，他就會忍不住展現這方面的知識。

光憑這樣真的就能成功假扮嗎？更重要的是，這樣真能從警方那裡得到消息嗎？

「原來如此，這派得上用場。」黑澤在大致聽完兔田上課後，如此說道。

「派得上用場？」

「雖然這是我的提議，不過剛才的做法有個缺陷。」

「剛才的做法？」

「電話發送處的調查方法。」

「不是會讓警方去調查嗎？」

「沒錯。不過，要是讓警方看稻葉的電話號碼，告訴他『這裡就是犯人的所在地』、『這個電話發送處很可疑』，會有什麼後果？」
「還會有什麼後果？警方就會開始調查那個地方，你不是這樣說的嗎？」
「沒錯，不過，調查的結果，警方會前往那個地方。」
「啊。」
「或許會大批警車趕去，但這麼一來，就像之前說的……」
「那就糟了，一旦警方出動，消息或許就會傳進稻葉耳中。」
這麼一來，綿子就會身陷危機中。
「這樣的話，該怎麼辦才好？」
問到重點了。
就是因為這樣，黑澤才決定要利用折尾折尾的特徵——「展現關於獵戶座的雜學」。
「如果主動說出電話位置的資訊就是犯人的所在地，這樣警方就會對那個地方產生警戒心。不過，如果只是讓警方認為位置資訊就只是指出犯人所在地的參考資料，那會如何呢？」
「你再講簡單一點。」
「我覺得我已經講得夠簡單了。」黑澤說完後，改變說明方式。「舉個例子吧，如果我在紙上畫上黑點，說這裡很可疑，那個黑點就會受到注意。」

「那當然。」

「不過，如果我畫上四個黑點，畫出一個四角形，再畫出對角線。然後指著中間那個對角線的交叉點，又會如何呢？」

「自然就會注意中間的位置。」

「會注意對角線的交叉點對吧？對於四角形的四個角就不會太在意。」

「那是因為你用這種說話方式。」

黑澤應道：「看吧，只要我用這種說話方式，對方就不會太關注那四個點，應該也就不會出動警車趕去那裡。」

兔田本想回嘴，但可能是想不出該回什麼好，就這樣嘴巴一張一合。過了一會兒，他才口沫飛濺地問道：「會那麼順利嗎？」

「會不會順利我不知道，」黑澤嘆了口氣。「但也只能這麼做了。」

而此刻，兔田孝則正駕車趕往綿子的所在處。

「這個導航真難搞，難道就沒有捷徑嗎？」他自己一個人發著牢騷。

導航會用它自己的方式將塞車資訊納入考量，選擇最短的路線，不管它導引走哪條路，都不會再有其他更好的路線，但眼前卻是一整排紅色的煞車燈，就像要阻擋兔田的去路般，令人同情他的遭遇，也難怪他會覺得是老天刻意在捉弄他。

快點動啊！

他百般焦急，踩著油門的腳上下動個不停。而另一方面，他也極力說服自己，這時候要是出車禍可就完了，好不容易才來到了這裡。

在還沒搞清楚是怎麼回事的情況下，一切果真照著黑澤那名小偷所說的流程走，總之，已一路來到了這裡。

兔田望著前方停滯不前的車輛，回想在那個屋子裡發生的事。

「如果真照你說的話去做，以警方的反向探測查出稻葉的所在地，但還是有個問題存在。」兔田對黑澤道。

「例如什麼？」

「電話。」

「電話？」

「稻葉會搜尋我這支手機的位置資訊，從中得知我的所在地。也就是說，為了不讓他起疑，我得一直待在這裡才行。」

「那就將手機留在這兒，你去別的地方不就行了嗎？」

「那稻葉打電話來的時候怎麼辦？我得和他說話才行啊。」

「如果是拿著手機走呢？」勇介說。

「我說你啊，我剛剛不是說了嗎？如果手機不在這裡，位置資訊就會洩了我的底。」

「啊。」

「根本就沒辦法。」

「不，用不著這麼苦惱。」黑澤的說話口吻感覺漠不關心。「在查出稻葉的所在地之前，只要待在這裡就行了。對方打電話來，你直接跟他對應。而等到查出他的所在地後，再離開這裡。啊，對了。到時候你把手機留在這裡如何？這麼一來，對方會以為你還在這兒，而你則可以乘機潛入敵區，攻其不備。」

「可是，手機放這裡的話，對方要是打電話來，不是一樣得傷腦筋嗎？」勇介問。

感覺同樣的問題一再重複，一直在裡頭打轉。

「不過，如果只有一次的話，應該可以蒙混過去吧？」黑澤說。
「一次？」
「他都不太打電話來不是嗎？既然這樣，在你出發後，他大概會再打來一次，最多兩次，只要蒙混過去就行了。」
「說什麼傻話，我的聲音……」
「你的聲音不是變沙啞了嗎？」黑澤指著兔田道。
「你當是誰把我的喉嚨打啞了！」
「既然這樣，下次稻葉打電話來時，你就跟他說，你的喉嚨愈來愈痛，發不出聲音。這麼一來，就算之後聲音有點差異，他也不太會起疑吧？」
「笨蛋，哪有那麼簡單。」
「只要對話沒出破綻，就算是陌生人也會誤會成是真正的一家人。不是嗎？所以轉帳詐欺才會如此橫行。」
事實上，稻葉在展開綁架生意前，就是利用名冊來演戲，靠轉帳詐欺發財，而知道此事的兔田，無法簡單以一句「這不可能」一笑置之。分辨不出假冒者和家人的聲音，就此轉帳付錢的人，繁不可數。真要說的話，這次幾乎可說是兔田第一次正式跟稻葉說話，稻葉並不清楚他的聲音。

兔田在腦中檢討黑澤這個提議的可行性，沉默了半晌。接著他大聲喊道：

「不，還是不行！這應該行不通吧。」

「哪裡不行？」黑澤表情不變。

「我說你啊，這原本就不行。聽好了，我整理給你聽。你剛才說，要先引發一起挾持事件，然後讓電視新聞播報。」

「因為這麼一來，就能讓稻葉明白你現在被困在這裡。」

「然後你說，我待在這裡，等稻葉打電話來時，與他對話。」

「這樣就算他搜尋你的位置資訊，也不會被懷疑。而當利用反向探測得知稻葉的所在地時，再出發就行了。」

「你是笨蛋嗎？」

「什麼意思？」

「要是挾持人質，這四周就會被警方包圍，也會因此上新聞，沒錯吧？」

「沒錯。」

「這麼一來，我不也就出不去了嗎？當我得知稻葉的所在地，高喊一聲『那出發吧』，就此走出屋外時，一切就全完了。我會被警方逮捕。」

「哦，原來是這麼回事啊。」

「原來是這麼回事啊，你竟然還好意思說！開什麼玩笑，這樣根本就不可能辦到。」

「不好意思。」黑澤說。

「我不是要你向我道歉，是我自己不對，竟然對身為小偷的你抱持期待，真是的。」

「我是對剛才沒說明清楚的事，向你道歉。」

「說明？」

「沒錯。聽好了，確實是要引發挾持事件。只不過，挾持犯不是你。」

「我現在不就是在這間屋子裡挾持人質嗎？」

「是要引發另外一起挾持事件。」

啥？

「在隔壁人家。」

兔田的車好不容易穿過阻塞的車潮。駛過十字路口後，車流狀況改變，雖然還不至於到一路順暢的程度，但至少已開始通暢。很好，兔田踏下油門，忽左忽右地在車道上行進，一路前行。

等著我，綿子，我這就趕過去——他幾乎就要這樣大叫起來。

再來就只能祈禱他不要因太過焦急而引發車禍了，不過這起事件背後的情況還沒解釋完。應該先接著往下說才對。而這段時間，也請別忘了兔田正全力駕車趕往綿子身邊。

站在黑澤面前的兔田，眉頭蹙得更緊了。「等等，你說隔壁人家？那裡有誰在？要在那裡引發挾持事件嗎？」

「那裡空無一人。」

「太亂來了，你知道自己在說些什麼嗎？」

「你聽好了，我原本是在隔壁那戶人家家裡。我是要去那裡闖空門，開金庫。」黑澤朝隔壁的方向努了努下巴，向勇介他們問道：「你們認識那裡的住戶嗎？」

勇介和母親以同樣的節奏搖頭。「聽說前一位屋主搬走，由別人買下，但幾乎沒見過面。」

「他好像是位詐欺犯。」

「詐欺犯？」

「專門欺騙老年人。他好像到遠方旅行去了，不在家中，所以我才會進到屋裡。」

「你說遠方，是在哪兒？」

「宇宙的彼方。」

「喂喂喂，別開玩笑好不好。」

「總之，那戶人家沒人。」

「沒人的屋子會發生挾持事件嗎？」

「嚴格來說是不會，所以才要去引發啊。」

「引發事件？」

「只要佯裝成是自然發生就行了，從隔壁住家打電話報警，就說：『有名陌生男子闖進，將我們捆綁。』用手機打就行了。警方只要調查通話的基地台資訊，就會知道是從那戶人家打來，姓什麼不重要，就假設姓佐藤吧，警方應該會明白是從佐藤家打來的。」

「隔壁人家到底叫什麼名字？」勇介問。

「他的工作是向老人行騙詐財，所以絕不會用真名。戶頭也有各種名稱。所以一時之間應該是能蒙混過去吧？警方會想蒐集發生挾持事件的那戶人家相關的資訊。或許是以不動產或稅務署的資訊為主，但最快的方式，還是向附近住戶詢問打聽。只要有人提供證詞，說那位姓佐藤的人家，一家三口住在裡頭，雖然早晚還是會穿幫，但至少可以騙上一陣子。」

「誰來提供證詞？更重要的是，誰要到對面的屋子裡去充當犯人？」勇介如此詢問，兔田也頻頻點頭表示贊同。

「我有人可以幫忙。」這時黑澤腦中想到的，當然是今村他們。黑澤評估，只要向今村、中村，以及和今村同居的大西若葉說一聲，他們應該願意幫忙。記得他們因為工作的緣故，有幾支不會留下行蹤的手機。雖然很不想欠他們人情，但只要裝沒看見，倒也不是什麼大問題。「你就跟稻葉說，我因為犯了個小疏失，而不得不挾持人質。」

「等等，我還沒同意。」

「不過，你要堅稱自己『會確實把折尾折尾帶過去』、『我自有方法』。這麼一來，他們也只能等了。至少應該不會馬上對你妻子出手。」

由於稻葉對綿子暴力相向，所以可說是早已對她出手，就連黑澤也沒料到。

「在隔壁引發事件……」兔田活像是個學生，為了怕一回家就忘了上課聽到的內容，不斷在腦中整理思索，只見他不斷喃喃自語。「然後我人在這裡。」

「稻葉看到新聞上播出的住家，應該會認為你人就在那裡。」

「然後呢？」

「我就假裝是折尾折尾，接近警方，取得反向探測所得到的資訊，以電子郵件之類的方式傳給你。」

「請問，我和勇介……」勇介的母親突然以高亢的聲音插話道。

「怎麼了？發生什麼事？」

「我們該做什麼呢？」

「你們愛做什麼，就做什麼去吧，這裡是你們自己的家。」

「可是那個……」

「那個？哦，妳是指屍體嗎？」

沒必要用這麼直接的說法吧——勇介和他母親露出悲傷的神情，但黑澤當然是毫不在意。

「坦白跟警方說，是最好的做法。原本你讓折尾折尾跌倒，令他就此喪命時，就該馬上這麼做的。話雖如此，現在還不算太遲。再說了，你們把屍體帶回家中，打算做什麼？為什麼要這樣做？」
「這是……」母親面色如土。「這是……」
「這是怎樣？」
「為了保護我的孩子勇介。」
「什麼啊？」兔田聽傻了眼。就像看到郵寄來的廣告信函，不堪其擾地將它撕破般，反應無比冷漠。「因為疼愛自己的孩子，而將殺人的事當作沒發生過是嗎？妳以為這可以被社會所容許嗎？」
「我沒那個意思，我只是想做點什麼。」驅策她這麼做的，就只是同情自己兒子的念頭。長期以來，她一直很認真地過日子，不給任何人添麻煩，但總是受到各種池魚之殃，接受種種非她所願的結果。儘管她不奢望某天人生可以逆轉，但還是期盼有天能得到回報，因而一直忍受丈夫對她的支配。但最後卻是這樣的結果，她肯定心灰意冷。當接獲勇介打來的電話說「有人死了」時，她甚至做好「一切全完了」的心理準備。說得更直接一點，她心想，就這樣了結我的人生吧。因此，她接下來的行為，可說是臨終前的抵抗、對人生展開的復仇，抱持「反正也沒指望了，能做什麼就做吧」的一種心境。
「如果將屍體從高處推落，死因或許就能蒙混過去。」母親語帶顫抖地說道。「例如從我家二樓。」

「從高處推落？妳是傻瓜嗎？」兔田的口吻充滿鄙視。

「妳打算營造成從二樓墜落，撞擊後腦的情況是嗎？」黑澤的語氣一樣冰冷。「可是妳會很難解釋哦，為什麼折尾折尾會從妳家二樓墜落。」

「只要說是他入侵我家就行了，或者說他是小偷，我突然把他撞飛出去。」

「這或許是最適合小偷的死法。」黑澤語帶自嘲。「不過，我不認為警察會相信妳的說法，因為他們會驗屍。」

「就算穿幫也無所謂，至少我想試試看。」

這名母親的身形在黑澤眼中突然變大許多。恐懼從她眼中消失，為了保護孩子，就算撲過去咬人也在所不惜的這份意志，在她眼中燃起熊熊烈火。

「老實跟警方說，方為上策。」要是玩小把戲，只會加重罪刑。如果一開始就向警方自首，也有可能只會看作是遭受折尾暴力攻擊時的過度防衛。「不過，現在做還不算遲，只要跟警方自首就行了。」

那名母親可能還沒下定決心，一直含糊其辭。與其說是害怕被問罪，不如說是對順從自己不起眼的人生感到猶豫。

黑澤不帶情感地回答道：「既然這樣，那東西就借我一用吧。」

「借你一用？」

之後中村接獲黑澤來電，得知自己要扮演的角色後，起初相當排斥地應道：

「為什麼我們得跟那具屍體一起，很噁心耶。」

「你早晚也會變成屍體，不要說什麼噁不噁心。」

「這是兩碼子事吧。還有，說什麼我早晚也會變成屍體，別說這麼恐怖的話好不好。」

「總之，最後只要從屋子上方把屍體推落就行了。要讓它看起來像是犯人放棄逃亡，變得自暴自棄，自行跳樓。」

「喂喂喂，黑澤，這行得通嗎？」也難怪中村會這樣詢問。如果仔細調查死因和推測死亡時間，就很可能會露餡。

「或許行不通。」

「真受不了你，你到底有幾分是在說真話啊。」中村嘆了口氣。

「不過，到時候將會引發軒然大波。早晚都會因為檢查而穿幫，這是沒辦法的事。但要讓這起事件落幕，這是很適合的做法。」

「等等，我確認一件事，我和今村只要以挾持犯的身分，在這個屋子裡和警方交涉就行了對吧？」

「沒錯，你扮演犯人，今村扮演那名年輕的人質，如何？不過，你們那邊的人質，要假裝成是一家三口。」

「一家三口？為什麼？」

「萬一電視新聞播報出人質的人數和性別時，才能加以因應。」

因為兔田已告訴稻葉「這戶人家有父親、母親，以及一名二十多歲的兒子」這個消息，所以得讓稻葉認為，兔田人就在電視上報導的挾持事件現場。如果人質的人數和家庭構成有出入，會讓稻葉起疑，而且兔田在和黑澤打鬥時傷了喉嚨，聲音沙啞，所以黑澤請中村也能比照處理。

「黑澤，你要在警察面前畫獵戶座的圖形嗎？真受不了你，你這麼做會挨罵的。警察最討厭的，應該就是有人在他們面前畫獵戶座。」

「或許吧。」

「這種像在開玩笑的說明，他們會相信嗎？」

「我會挑選幾個能構成獵戶座形狀的場所，做出一份住處清單。從那名詐欺犯的金庫裡不是取得一份被害人名冊嗎？我來試著加工一下。因為就算警方打電話去詢問，對方也肯定是詐欺案的受害人，這麼一來就會覺得真有其事，或許也就不會馬上逐一加以確認。」

「若葉也要軋一腳嗎？」

「如果可以，或許還要請她一人分飾多角，例如充當附近的住戶。警方為了想知道被挾持的那戶人家的相關資訊，應該會四處打聽搜查，這時我希望她能假裝成附近的住戶，告訴警方捏造的佐藤家資訊，另外還要向警方通報我藏身的地方。」

「你藏身的地方？」

「我要扮演折尾折尾，犯人會要求警方找出折尾折尾。」

「你說的犯人就是我對吧？」

「沒錯，你要向警方提出要求，待會兒拍一張我的照片。隱約能夠辨識就行了，然後將它傳給警方，就說：『這就是折尾折尾，快去找。』如果一下子就找到我，那會啟人疑竇。如果大西若葉看準適當時機，向警方通報某個地方有可疑人物，那就顯得煞有其事了。」

「最後警方還是會攻堅吧，就在我們從二樓拋下屍體後。到時候，人質就只剩我和今村兩人，要是說明我們是一家三口，應該會引來懷疑，而問我們：『咦，不是還有一位母親嗎？』」

「或許會引來懷疑。」

「那怎麼辦？」

「就說是犯人下的命令，要你們向警方提供假情報。關於這點，要怎麼說都行……」話說到一半，黑澤略顯不安，突然轉為朋友之間的說話口吻道：「這樣會很牽強嗎？」

「那就好。」

「受犯人威脅，而被迫這樣說，或許真有這種情況。倒也不是不可能啦。」

「不過，還有別的問題。」

「有嗎？」

中村暗啐一聲。「之後我們會被警方帶走。」

「以被挾持的人質身分。」

「這麼一來，我們不是住戶的事馬上就會露出馬腳。這樣不就會被人懷疑了嗎？」

「你討厭被人懷疑嗎？」

「我今後還打算在仙台過日子，因為這是個適合居住的城市。要是被警方盯上，那我可傷腦筋了。」

「那就不適合居住了。」

「你根本不在乎我們的死活。」

「別說這麼令人難過的話。」

「虧你可以講得這麼平淡，我何止難過，根本就是很困擾。」

「這樣的話，你可以用那個東西啊，聽說你最近備齊了各種制服。」

「制服？」

「像警察或披薩外送員這類用來偽裝的制服啊，有沒有機動隊的服裝？」

「你怎麼會知道？」

「你有嗎？」

「現今這個時代，網購什麼都買得到，真的很驚人呢，黑澤。我連shield都買到了。」

「shield？」

「就是盾牌啊。既然要裝，就裝像一點，所以我本想買個有幾分像的東西就行了，沒想到買到的盾牌竟然跟真的一樣。」

「像真的一樣不是很好嗎？」

「可是很重啊。」中村就像背後感受到那股重量般，聳著肩。「我原本心想，只要外觀像就行了，但從購物網站上看不出來。」

「你沒先確認重量嗎？」

「我看宅配送貨的小哥扛得很痛苦。」

「真教人同情。」

「不過黑澤，機動隊的制服派得上用場對吧？電影不是常演嗎，犯人假扮成機動隊員，混進攻堅的機動隊員中，成功逃脫。所以我想，這應該派得上用場。」

說到這裡，中村接著又補上一句：「啊，原來是這麼回事。」

「沒錯，只要照電影常有的模式去做就行了。為了這個計畫，要先將屍體從頂樓推落。這突如其來的發展，如果引發現場的大騷動，警方應該也會為之慌亂，這樣就很容易混在裡頭了。」

「可是，我們以機動隊員的模樣來到外頭後，那不就變成犯人跳樓，卻完全找不到人質？」

「沒錯。」

「警察衝進屋內一看，屋裡空無一人，而那名以為是從二樓跳樓身亡的犯人，經檢查後就會發現，他早在之前就已經死了。」

「如果是認真檢查的話。」

「或許會檢查吧，不過，應該會覺得這就像一團迷霧。」

「一團迷霧？誰會這樣覺得？」

「還問呢，就是知道這起事件的人啊。人質在哪裡？這屍體是怎麼回事？對此感到納悶不解。警方也無法清楚說明此事，應該會很傷腦筋吧？」

「警方傷腦筋，那我們會傷腦筋嗎？」

「應該不會吧。」

「而且又沒給任何人添麻煩。」

話是這樣沒錯啦，中村如此喃喃自語。「不過，那對母子會怎樣？」

「母子？」

「黑澤，你有時候一副凡事了然於胸的神情，但有時卻又彷彿連自己叫什麼名字都不清楚。你不該裝蒜吧，這麼一來，那對母子可就麻煩了。要是警方調查那具屍體的話……」

「如果是認真檢查的話。」

「警方和我們不一樣，他們會認真檢查的。同樣的話，別讓我一說再說。到時候，應該會構成某種罪刑吧。」

雖說是折尾折尾挑釁，他出於自衛，但一時失手害死對方卻是不爭的事實，而且還想隱瞞此事，出於故意，所以應該會被問罪。

「這也是沒辦法的事，原本就應該會是那樣的狀況。話說回來，那名兒子是有點值得同情，法院有可能會量情輕判。」

「如果是認真判決的話。」

「法院和我們不同，他們會認真做的。總之，那對母子似乎也看破，不管怎樣都無所謂了，而且他們也願意幫忙。」

「幫什麼忙？」

「幫忙這次的作戰。」黑澤此話一出，才發現「作戰」這兩個字聽起來就像小學生要建立秘密基地一樣，透著一股稚氣。

「也許是自暴自棄。」中村嘆了口氣。「不但兒子殺人了，還有一名持槍男子闖入家中，而一名厚臉皮的小偷也軋了一腳，這就像一次過中元節和過年一樣。」

「持槍的中元節，以及從二樓走進的過年是嗎？」

「不過，這種心情我也不是不能體會啦。」中村突然話鋒一轉。

「這句話什麼意思？」

「聽說那戶人家的父親，也不是個正經人，喜歡玩生存遊戲。」

「愛玩生存遊戲又沒錯，我反倒認為，以那種方式來紓解動物與生俱來的攻擊性，算是很健全的做法。」

「黑澤，你之前也說過類似的話對吧，例如要好好紓解攻擊性之類的。」

黑澤不時會提到某個國外的實驗，他們假設在不易起衝突的環境下，將孩子當作個性溫和的人來養育，就能教育出不具攻擊性，且個性溫和的人。結果實際嘗試後，卻適得其反，也就是說，最後教育出只要稍受刺激，就展現出攻擊反應的人。換言之，人類就不用說了，動物也同樣原本便具有攻擊性，重要的不是讓攻擊性歸零，而是要巧妙地讓它抒發，取得折衷。

「不過，那位父親連在家中也用空氣槍攻擊家人。」可以說是攻擊性抒發過了頭。

「那也太不正常了吧。待在那種家裡，每天就像拖著沉重的步伐走在幽暗的隧道裡。綿延不絕，又窄又暗的隧道。好不容易走出隧道時，人生也完結了。既然這樣，還不如粗暴地破壞隧道牆壁，自行來到隧道外。趁著中元節和過年的時候。」

「原來如此，難怪。」

「難怪？」

「他們借兔田車時，看起來神清氣爽，不是百般不願，而是非常積極。」

請用我家的車吧。那名母親雖然眼神失去原本的平靜，卻以清楚的口吻做出提議。

她說，我們離開屋子後，會把車停在不遠處，在那裡待命。你出發時，請到那裡去，開我們的車走。

兒子勇介先是一愣，接著也馬上頷首道：「嗯，沒錯，請拿去用吧。」

得知綿子的所在地後，想盡快趕往那裡的兔田，眼前面對的大問題，就是不知該用什麼方法前往，所以此時勇介母親的提議，當真是及時雨，不過可能是因為她的語氣太過爽快，反而令兔田有點提防。

「我家這輛車，我先生很愛惜。」這位母親還說，上車時非脫鞋不可，有多次因為車沒洗乾淨而被痛罵一頓，或是挨揍，他肯定把車看得比家人還重。

「那可就對不起你們了，我正忙著趕路。」

「這話什麼意思？」

「我一路上可能會開得很猛，或許會傷了這輛車。」

「好的。」這位母親的聲音聽起來似乎很雀躍，這並非是兔田的錯覺，而是她真的打從心底開心地這麼說。「請好好加以破壞吧。」

就在這時，母親的手機再度響起。

兔田拿起手機，望向螢幕說道：「又是父親打來的。」

黑澤感覺得出那位母親臉色馬上轉為蒼白。比起此刻的特殊狀況，她看起來似乎更怕自己的丈夫。

「該讓她接電話嗎？」兔田的口吻就像在尋求指示般，黑澤面露苦笑。「讓他們談一談，或許比較好。」

兔田頷首，將電話湊向母親臉頰。雖然並不是因為有這段經歷，而彼此產生同伴意識，不過兔田倒也沒叮囑她「別亂說話」。

母親將按下通話鈕的手機貼向耳邊，向丈夫賠罪道：「是，對不起。」想必是剛才只說了一句「之後再打給你」，便一直沒主動聯絡，父親正為此發飆吧。黑澤望著她心想，這位父親一定沒想到家人竟然遇上這種事。

她一直道歉，可真是辛苦啊。

這位母親突然嗓門變大，這與黑澤想出言加以慰勞，幾乎是同一時間的事。

「老公，你一定會嚇一大跳！」她就像豁出去似地說道。「請先做好心理準備吧。」

電話另一頭的父親大吃一驚，頻頻納悶地喊道：「喂」、「妳是怎麼啦？」

「因為發生了大事。」母親顯得很愉快，接著又補一句：「不過……」

不過，比起一直這樣下去，或許這麼做還比較好——她說。

中村聽完黑澤的轉述後苦笑道，或許她也只能豁出去了。

「她應該早點這麼做的。豁出一切，與她先生對抗。」黑澤聳了聳肩。「聽好了，我們再來確認一次你與警方交涉時該採取的步驟。」

黑澤望著寫在紙上，假想與警方會展開的問答，就像在教一名不太聰明的小孩般，開始對每一個步驟進行解說。

這麼一來，就算是對白兔事件的梗概大致說明過一遍了。當然，還有一些需要補充的部分，不過，兔田駕著車來到仙台港附近，仰望高速道路的高架橋，就此駛過縣道，進入昏暗的道路，所以關於這起事件背後的狀況，暫時先就此打住，等之後再提吧。

隔著擋風玻璃，他的前方是遼闊的夜空。

幾乎可用黑色來形容的藍褐兩色的天空，零星散布著大小不一的光點。如果從空中發現特別耀眼的三顆星星，應該就能看出獵戶座的圖案，但兔田現在沒這個心思，他緊握方向盤，一路駕車疾馳。隱身夜空中，手持武器，姿態威武的歐里昂，正鼓舞著兔田。雖然不是因為他擺在油門上的腳用力踩下的緣故，不過這個故事也正朝著終點加速前進。

故事尾聲的舞台，是仙台港的倉庫裡，稻葉和兩名部下折磨綿子的地方。

「妳老公是怎麼了？既沒跟我們聯絡，也沒任何行動。」稻葉一面說，一面靠近綿子，做勢踢人。「這名跳樓自殺的犯人，是兔田嗎？」他指著播放新聞的筆電，對身旁的兩名部下說道。

這兩名部下也只能不置可否地回一句：「也不知道是不是呢？」

這起挾持事件因為犯人從二樓跳下，情勢就此急轉直下。新聞播報員因為激動而雙目炯炯地說著：「剛才發出砰的一聲，傳來很大的震動！」「之後就像聲音被吸走似地，完全靜了下來。」他運用各種表現，來陳述當時的體驗。

說到綿子，她雖然無法清楚掌握目前的狀況，但從那不平靜的氣氛中，她猜測兔田可能出事了，心中無比忐忑。她忘了全身挨打的疼痛，一再默禱，祈求兔田平安無事。

不久前，稻葉才打過電話給兔田，但當時他沒接。依照原本說好的規則，如果沒接電話，就馬上出局，立即取綿子性命，但稻葉心想，得先掌握好狀況再說。

而這時，電視上播出犯人跳樓的新聞。

「兔田一直說他會想辦法帶折尾折尾來，要我們等他，但最後卻什麼也沒做，從二樓一躍而下。或許他已經不管妳的死活，打算把一切的麻煩事全都拋開，自己一死了之。」

「才不是……」綿子動著腫脹的嘴脣，以沙啞的聲音很賣力地說道。「才不是你說的那樣呢！」

「不過，他好像跳樓了呢。」

那一定是因為他想逃離那裡。時間經過愈久，愈會有危險，所以他百般苦思的結果，打算從二樓逃脫，應該是這樣吧？如果是孝則，或許會以為自己只要奮力一跳，就能飛越那團團包圍的警網；因為他就是這麼單純、豪邁。綿子斷斷續續地說出自己的主張，但稻葉嗤之以鼻。「那表示他是個十足的蠢蛋。」

既然兔田沒遵守約定，綿子對稻葉已經沒用處，沒必要再帶她回東京了。

只要跟部下們吩咐一句：「接下來隨你們處置，記得要收拾乾淨。」這件事便算了結，完全不必操心。重要的是折尾折尾的事還沒解決。時間不會停止，匯款期限不斷逼近。

只能由我們自己在仙台市內找人嗎？但是要怎麼找？

稻葉這時抱持著最後一試的想法，面向筆電，搜尋兔田手機的位置資訊。地圖暫時消失，等候重新顯示。隔了一會兒，稻葉發出「哦」的一聲驚呼。

「怎麼了嗎？」

「兔田微微移動了，剛才看起來好像也稍微有移動，這次移動更多了。」

「會不會是因為他跳樓，被救護車運走？」其中一名部下似乎腦袋遠比外表還要靈光，如此說道。

這個可能性也曾在稻葉腦中掠過，但他將目光移回新聞轉播上，發現現場還沒有運出犯人的跡象。犯人用擔架運出的場面，對媒體來說，是值得永久保存的場面，因此，如果已傳出這樣的畫面，應該會引發不小的騷動才對。但播報員並沒有精采的後續報導，臉上甚至透露出一絲焦躁。

這麼說來，兔田在沒被報導的情況下，正開始離開現場，或者只有電話在移動？

稻葉撥打兔田的手機，來電答鈴聲在寧靜的倉庫內產生回音。「如果這樣還不接，表示兔田已經沒用了。我們就放棄這頭傻兔，自己去找折尾折……」

話才說到一半，對方接起電話。

「喂。」傳來細微的沙啞聲。

「兔田嗎？」

「是，稻葉先生。」回答的人，不是各位所熟悉的兔田。現在持有這支手機的人是黑澤，所以回答的人也是黑澤。不過稻葉當然沒留意，他以逼問的口吻說道：「喂，你現在人在哪兒？剛才為什麼沒接？現在情況怎樣，快點報告。」

或許在這裡應該先告訴各位一聲，綿子聽到這句話後，臉上浮現放心之色。她心想，孝則沒事，就此鬆了口氣。

「我好不容易逃了出來。」黑澤說。

「是嗎？」稻葉邊回答，邊確認筆電上的畫面。他覺得兔田的所在位置並沒多大變動，就在現場那間獨棟房的旁邊。稻葉本想問他是如何逃脫，但後來還是作罷，如何逃脫並不重要。「折尾折尾人呢？找到了嗎？」

「應該沒問題。」黑澤似乎已開始對假裝聲音沙啞感到厭煩。

「沒問題？你有什麼線索嗎？」

「只要一發現他，我就會盡快趕去你那邊。」

「動作要快，再不快點，你心愛的妻子……」

「就會化為天上的星星對吧。」黑澤並未大意，但還是不小心以自己平時的口吻回答。

稻葉也覺得不太對勁，回問道：「你說什麼？」儘管如此，他還是沒料到現在講電話的另有其人，也沒懷疑過「你真的是兔田嗎」。就只是懷疑兔田可能是因為受到太大的衝擊，而變得有點古怪。「喂，你不要緊吧？」

「我應該很快就能找到折尾折尾。我該帶往哪兒去？」

稻葉很想罵他一句：「你覺得用這種口吻跟我說話好嗎？」但他不想浪費時間。

稻葉原本心想，也差不多可以告訴他自己目前所在的倉庫位置了，正準備告訴他，但最後還是就此打住。兔田的口吻帶有一股反抗的味道，這也是因為說話的人是黑澤，不過稻葉判斷，還是不能大意。眼下還是由我方握有主導權比較好，稻葉在這方面的直覺和謹慎確實不簡單。

「十分鐘後我再打電話給你。在那之前，先找出折尾折尾，到時候我再告訴你會面的地點。」

「十分鐘後。」

「聽好了，在這十分鐘內好好想辦法，否則這個女人……」

「會化為星星。」

「什麼？」

「不，沒什麼。」

「喂，兔田，我看你好像挺遊刃有餘的嘛。」

「我明白了，十分鐘後對吧。稻葉先生，我會在那之前找出折尾折尾。」隔了一會兒，黑澤才又補上一句：「我一定會的。」

被對方掛斷電話，稻葉相當惱火。要不要結束通話，要不要掛電話，都是由我來決定，你知不知道自己的立場啊，他如此低語道，順便朝綿子踢了一腳。只寫「踢了一腳」，或許會給人一種很乾脆的感覺，但綿子全身已處處瘀青，剛才挨稻葉腳尖踢中的部位，一陣劇痛遊走，令她不自主地發出淒厲慘叫，著實慘不忍睹。但在這裡，我想刻意用平淡無趣的一句「踢了一腳」來描述。

「情況如何？」一名部下問道。「兔田還活著嗎？」

稻葉轉頭瞪視著那名部下。「好像是，他從警方的包圍中逃脫了。」

綿子雖然因痛苦而表情扭曲，但這時也猛然抬起頭來。

「那麼折尾折尾呢？」另一名部下問。

「兔田打算去找出他來。」

稻葉俯視綿子，笑著道：「妳這張臉可真難看，沒有力量本身就是個悲劇，要恨的話，就恨自己的無力吧。」

到目前為此，一切可說是完全照兔田所想的在進行。當稻葉以為他人還在「North town」的這段時間，他來到稻葉他們的所在地，突然現身。你怎麼會出現在這裡？在對方還沒搞清楚狀況，腦中一片混亂時，他掏出手槍，開了一、兩槍，要他們不准動。他斜眼望著一臉懊惱的稻葉一行人，就此救出綿子，揚長而去。這是兔田在腦中描繪的情勢發展。攻其不備，就是他的作戰策略，雖然以作戰策略來說，這實在太過粗糙，但重要的就是出其不意。

兔田已抵達他所得知的住處附近。

他發現在幾個並排的倉庫中，只有一處裡頭光線外洩，他猜綿子或許就在裡頭。果然沒錯，稻葉他們果真就在這倉庫裡頭。

妻子被綁架當人質，兔田就此被迫得找出折尾折尾，而當他得知折尾折尾已經喪命時，他無比絕望，以為一切全完了。如果以黑白棋來說，就像棋盤上的子幾乎全變成稻葉他們的顏色，認輸投降只是時間早晚的問題，但來到這裡後，情勢大幅改變。

他起死回生，自己的棋子數量大增，感覺只要再走一、兩步就贏了。

但在那之前，打從稻葉在倉庫內發出「啊」的一聲驚呼開始，情況便開始轉變。

稻葉向部下們說明剛才電話的交談內容時，說了一句：「該不會有什麼狀況吧？」

「有狀況？這話怎麼說？」

剛才的電話不太對勁，稻葉重新思索此事。

兔田的聲音顯得很粗魯，似乎很冷靜。這是當然，因為他不是兔田，而是黑澤，不過他身旁沒人會指出這點。

那傢伙說他從包圍的警網中逃脫，是真的嗎？

稻葉抱持質疑，質疑逐漸膨脹，變成極度的猜疑，無法坐視不管。

他已經被警方捉住了嗎？

稻葉腦中浮現兔田被警方團團包圍，逼問他「你的同夥在哪兒，快說」的模樣，愈想愈覺得這像是輪廓清晰的現實場面。

該不會是警方利用兔田，想設陷阱找我吧？一想到這裡，不禁寒毛直豎。剛才那通電話之所以顯得很不自然，只要想成是因為周遭有警察在，就不難理解。

稻葉其實猜錯了。兔田沒被警方逮捕，而且剛才講電話的對象是黑澤，所以他擔心的事並沒有發生。然而，雖然稻葉猜錯了，但他確實也因此繃緊神經。

「我去外面看一下。」他決定帶一名部下走出倉庫。

說到他為何開始在意起外頭的情況，那是因為他講電話的對象黑澤曾經提到「會化為星星」，這句話令他掛懷。這個世界，什麼事會成為契機，還當真是無從捉摸呢。有時也會因某人不經意的一句話，經過深入解讀或猜疑後，就此改變了歷史。

稻葉是想看夜空，還是因為折尾折尾是獵戶座迷，為了謹慎起見，想確認獵戶座的位置呢？是擔心警方的車輛是否已來到外頭，或者純粹只想呼吸外頭的空氣？他自己也不知道原因，不過這或許該說是出自他野性的直覺、壞人才有的危機預知能力，總之，他提高警覺走出倉庫。

這時剛好兔田走來。

兔田走下車，緩緩朝倉庫走近，打算攻他個措手不及，所以完全沒假想自己會被攻個措手不及，因此他可說是大搖大擺地走來。

顯而易見，此刻完全疏忽大意的人不是稻葉他們，而是兔田。

兔田正準備掏槍時，稻葉和部下已拿槍對準他喊道：「不准動！」兔田應該已聽到「啪啪啪」的翻面聲。那煽動人們的焦躁感，持續良久的悅耳聲，正是黑白棋的棋子一一翻面的聲響。

「喂，這是怎麼回事？到底是怎麼了？」稻葉在部下從兔田的衣服中奪走手槍後，如此問道。「位置資訊顯示還很遠啊，你把手機放在那邊是嗎？」

兔田脹紅了臉，呼吸急促。理應是要攻他們個措手不及，但結果卻是自己措手不及。他腦中滿是被翻轉的黑白棋，無法好好思考。

「剛才你接電話了嗎？那是別人對吧？」稻葉這才想到此事。「哦，難怪聽起來有點奇怪。那是誰？喂，兔田，你沒帶警察過來吧。」難得稻葉會如此激動，以槍口緊抵著兔田額頭。「喂，到底是怎樣？」

警察沒來，就只有我，兔田勉強說出這句話來。他自己就不用說了，就連綿子也會被射殺，現實化為恐懼呈現眼前。

頭頂的夜空星辰閃耀，就像遠方有人偷偷以小洞在窺望般，他們全都悄聲斂息，闃靜無聲。

確認過四周沒有車輛駛近的動靜後，稻葉這才向部下命令道：「喂，從倉庫拿膠帶來，將他綁起來。」而當部下正準備返回倉庫時，稻葉又叫住他。「在倉庫裡別說兔田來了，我想到一件有趣的事。」稻葉嘴角輕揚。

「綿子她平安無事嗎？」兔田詢問，但稻葉為了要他更正問話的口吻，以槍口砸向他腦袋，兔田馬上改口問：「請問她平安無事嗎？」他發現自己已無技可施，深感恐慌。

不要哭哭啼啼的，很髒耶，稻葉嘲笑道。

部下帶著黏性膠帶走了回來。

「好了，把他纏好。」

兔田手腕靠在背後受縛，接著被迫跪坐在地，腳踝到膝蓋纏上一圈又一圈的膠帶。

「要纏得這麼仔細嗎？」連部下也加以確認。

「這樣剛剛好。」稻葉拖著一個擺在倉庫附近的大麻袋走來，下令道：「把兔田裝進去。」嘴巴也被封住的兔田，不知道自己會被如何處置，明顯面露怯色，剛才在前來這裡的車上，他還心想：「妳等著我，綿子。稻葉，到時候你可別哭喪著臉啊。」但當時的昂揚鬥志，現在已全都煙消霧散，「一切全完了」的念頭已占據了他。此時他身子僵硬，受縛無法動彈，全身簌簌發抖，連要保持理智都很勉強。

「喂，別亂動啊。」稻葉說。「聽好啦，進去裡面後就給我安分點。我只給你一次機會，你如果辦到了，我就饒你一命。」

淚汪汪的兔田畏怯地望著稻葉。

「你當我在騙你嗎？」

兔田當然覺得他在騙人。

「要是沒了你，就沒人可以找出折尾折尾。我不會取你性命，不過，你之所以沒聯絡一聲就突然跑來，是想趕在我之前動手，對吧？不過，你為何知道我在這兒？」稻葉蹙起眉頭。就像刻意折磨人似地，很粗魯地一把撕下兔田嘴上的膠帶。

兔田差點口吐白沫。「那是我拚了命找到的。」

稻葉重新貼上膠帶，他已覺得兔田沒有用處。他命部下將兔田塞進麻袋內，而在綁上麻袋前，他把臉湊近說明道：「你別亂動哦，待會兒我會把袋子搬進倉庫內，讓你太太猜裡頭是什麼東西。如果她猜出是你就過關。不過，你千萬不能動哦。要是你動一下，或是發出聲音，遊戲就結束了。你們將不會被釋放，我會從袋子外頭射殺你。」

兔田在麻袋裡全身蜷縮。

稻葉發出冷笑，將麻袋的開口綁緊，纏上黏性膠帶。

「好，搬吧。扛得動嗎？」

體格精壯的部下，輕鬆地扛起麻袋。來到倉庫入口前，暫時先擱下。

「接下來用拖的，別讓她看出裡頭裝的是人。」

「你打算怎麼做？」

「由我自己來找折尾折尾，我們最好趕快離開這裡。不過，敢反抗我的傢伙不可饒恕。我現在怒不可抑，我要拿他來當娛樂節目。」

稻葉悄聲說道，不讓麻袋內的兔田聽到。

起初綿子見稻葉他們拖著一個大袋子走進，並未特別望向他們。她疲憊已極，周身疼痛，連到底身上哪裡疼也判斷不出，就只能低垂著頭喘息。

「喂，別睡著了。」不知何時，稻葉已來到她身旁。「我給妳個機會。」

「機會」一詞一點都不吸引她，因為她明白，這個人不可能給她機會。

稻葉抓住她的頭，逼她望向前方。

「那裡有個裝滿泥土的袋子，看得到嗎？」

在前方十多公尺遠的地方，確實擺了一個骯髒的袋子，稻葉的部下就站在旁邊。

綿子很納悶那東西是要做什麼用的，這時稻葉取出手槍，說了聲「喏」，把槍遞到她面前。他要對我開槍嗎？綿子身子一震，但其實這不過只是身體反射性地動了一下而已。她腦中早已放棄抵抗，她心想，要開槍就開吧。

「妳從這裡開槍，要是能打中那東西的話，我就釋放妳。」稻葉說。綿子心想，他並沒說會「活著釋放妳」，所以他並沒說謊。也許他的意思是，等妳死後，我會釋放妳的靈魂。

綿子之所以沒反抗，當然並不是因為她相信稻葉說的「機會」。她只是基於「在孝則趕來前，我不能死」這個念頭，研判現在還是別隨便忤逆他方為上策。

她的視線望向筆電，所以稻葉說：「看得到那個畫面嗎？兔田現在正往這邊趕來。不過，現在一定離這裡還很遠。所以在那之前，妳就先照我說的去做吧。」根據手機的位置資訊顯示，兔田仍在那住宅區附近。

他解開綿子的束縛，讓她坐著握槍。還很仔細地教她槍的握法，如何瞄準目標，如何扣引扳機。由於綿子也有可能豁出性命朝他射擊，所以稻葉並未忘了要繞到她背後。他早已做好打算，只要她敢有反抗的舉動，就馬上開槍。

兔田依照吩咐，在袋子裡不敢動彈。

綿子也遵照稻葉的指示，準備朝袋子射擊。

這麼做有什麼好處？

應該有人會這樣問吧。在這裡玩弄這對夫婦，並不會幫助他找到折尾折尾，而且稻葉他們集團所面臨的匯款問題也不會因此解決。這只能說是無意義的時間，無意義的暴力，但漸感焦躁的稻葉卻想用這種方式來紓解壓力。

忠於自身的欲望，為他帶來成功，這也是事實。

等子彈打中麻袋，兔田從麻袋裡發出慘叫，鮮血從中滲出後，再把他拉出麻袋外。到時候再把這個女人的表情錄成影片。啊，對了！稻葉腦中突然閃過一個點子。

或許這種影片有它的市場需求。身處在安全的地方，欣賞別人受苦，這是很好的娛樂。而且妻子開槍射殺丈夫的影片，應該有人愛看吧。

啊，既然這樣……他突然眼界為之一亮。

或許他匯款的對象也會對這支影片感興趣。這麼一來，提出新的生意提案，匯款期限就能有交涉空間。

稻葉心情轉好，他吩咐底下一名部下用手機錄影。在這種緊張的關鍵時刻，竟然還能想出新點子，我可真不簡單。他甚至欽佩起自己，對於沒能事先備妥上好的攝影器材感到懊悔。

他看準部下開始錄影的時機，一聲令下：「好，開槍。」

「請問……」

「什麼事？」

「我要開幾槍好呢？」

不清楚內幕的綿子如此詢問，稻葉聽了差點笑了出來。「三槍，要是三槍沒射中就完了。所以妳要謹慎一點，好好瞄準。」

綿子點頭，握好槍，手臂打直。稻葉在她身後提醒，開槍後會有後座力，要小心一點，並吩咐站在麻袋旁的部下離開。

綿子遲遲不扣下扳機，稻葉並未感到焦急，但他開始不耐煩地讀秒。「妻子槍殺丈夫的五秒前。」稻葉暗自在心中低語，他很清楚地喊了聲「五」，就像要把這個數字刻進綿子心中一樣，接著算準間隔，又喊了聲「四」。

綿子全神貫注地瞄準，渾身顫抖，這模樣令稻葉看得喜不自勝。沒錯，要瞄準一點，如果不能一槍斃命，那他可就得受苦了，稻葉如此暗想。不，兔田受苦的畫面，或許更有價值呢。

三、二、一倒數結束，當他數到零時，倉庫內槍聲大作。

成功了。稻葉雙手摀著耳朵，高聲歡呼。可是卻沒聽到他所期待的慘叫聲，這是為什麼？仔細一看，綿子雙手朝向上方。原來她朝天花板開槍。

「喂，妳在做什麼？」就在稻葉出言質問的同時，綿子大叫道：「你這是打算讓我誤將歐里昂當成岩石，加以射殺對吧。我早知道了。」

岩石、歐里昂？她到底在說什麼？稻葉聽得一頭霧水，但他清楚明白綿子這是在反抗。

他火冒三丈，正準備掏槍時，又傳來一聲巨響，同時下半身感受到一股劇烈的衝擊，就像某個灼熱的物體朝它撞來。

站在他面前的綿子極力將手臂扭向身後，朝後方開槍。她或許是胡亂開槍，但因為處在近距離下，所以擊中了大腿。

孝則——綿子叫喚兔田的名字。麻袋裡的兔田在聽到槍響時，大吃一驚，死命掙扎想爬出袋子外。

稻葉已不想饒恕他們兩人，儘管因大腿的疼痛擴散而緊緊蹙眉，但他還是一把抓住綿子的手，搶下她的手槍。

他大聲命令部下開槍射殺他們兩人。

接下來傳出幾聲槍響，兔田和綿子當場倒臥，血流如注，就此氣絕——理應是這樣，但其實不然。

因為倉庫厚重的大門往左右兩旁開啟。

到底發生什麼事？稻葉他們的注意力全移向門口。說到綿子，可能是已決定豁出性命，她以往後仰倒的姿勢撞向稻葉。稻葉因為大腿劇痛，就此失去平衡，手槍就此脫手。

綿子的反應快速，就像是要抓住救生索般，拚了命搶奪掉落在地上的手槍。她蹲在地上握緊手槍，對準稻葉。雖然她氣喘吁吁，肩膀劇烈起伏，但她明白在這種近距離下開槍，絕不會射偏。

說到稻葉，他瞪視著眼前的槍口，無法動彈。

「你的臉可真難看。」綿子雖然臉部腫脹，但還是刻意擠出笑容來。「真是悲劇啊，要恨就恨自己的無力吧。」

接著開槍射向稻葉的大腿。

之後部下們朝走進倉庫的人影開槍，槍聲接連響起。

在此必須對故事中間的空白做個補充說明，所以我們應該先回到「North town」的場面。

犯人從二樓跳樓，警方為之慌亂，接著又過了一段時間。

中村他們還在現場附近。

他和今村結束扮演挾持犯和人質的任務，極力壓抑這股成就感和激昂的情緒，混在來來往往的警方相關人士中間，緩步而行。他們的機動隊員制服與當時正牌的隊員所穿的服裝，在外型設計上有些許不同，但沒人起疑。多名急救隊員抬著擔架與他們擦身而過，而媒體記者也從加以制止的搜查員身旁穿過，想前往現場。中村和今村戴著附透明前罩的頭盔，離開那棟屋子。

可以看到一旁有位身穿西裝，個子不高，看起來頗具威儀的男子，正在向周遭的人下達指示。中村從他身旁經過時，覺得他的聲音很耳熟，就此停下腳步，心想，這人是誰啊？

接著他才發現，啊，是夏之目，那名搜查員。

中村之前以挾持犯的身分與他談過電話，所以感覺就像遇見剛才一直在同一個舞台上共同演出的夥伴一樣，很想和他握手說一句：「哎呀，我們彼此都很賣力呢。」也不知該說他是思慮欠周，還是天真無邪，他的模樣就像在說「終於見到面了」，而就在這時，今村撿起掉在地上的一張紙，開始端詳良久，所以中村站向他身旁，問他怎麼了。

「這個掉在地上，好像是隨風飄過來的。」

「住宅地圖是嗎？」

「上頭有人亂塗鴉。」由於隔著頭盔的前罩，聲音顯得很含糊，聽不清楚。

經他這麼一提，中村也發現，上頭以簽字筆標出黑點，似乎還以線條連成圖形。

「啊，這不是星座嗎？」

三個臭皮匠，勝過一個諸葛亮，但兩個半斤八兩、直覺遲鈍的人聚在一起，問題還是無法馬上解決。他們就像攤開地圖尋寶的小學生般，一同把臉湊近，左思右想，花了好一段時間才明白「這個像星座的東西，和獵戶座的形狀很相似」「地圖旁邊，有手寫的地址」，而又過了好一段時間，才想到這是黑澤扮演折尾折尾想得到的資訊。

話雖如此，他們終究還是想到了答案，值得誇獎。

他們明白這個地址，就是要讓警方進行反向探測查出的目的地。

今村說道：「會在這裡做個了結對吧？」中村回了一句：「應該是吧。」兩人就此沉默無言。這時，不好的畫面浮現他們腦中，而當他們苦惱著該不該說出口時，往往幾經苦思後還是會說出口，最後，兩人紛紛開口道「去看看吧」、「要去看看嗎？」聲音重疊在一起。

啊，又多管閒事了。

彷彿聽到許多讀者發出傻眼的驚呼。為什麼會這樣！讀者們或許看了直想搖頭嘆息，但這就像地上只要有香蕉皮，就會有人誤踩而滑倒一樣，這幾乎可說是必然會發生、不容分說的事。

「該怎麼做好呢？」今村這句話的意思是該怎麼前往，也就是說，前去已是決定好的事項。

「黑澤也快來了。」

趁現場亂成一團時，黑澤也會離開現場，雖然不知道他會從哪裡調車來，不過最後黑澤會開車來和他們會合，然後載走中村他們，就此撤退。

「不過，要是跟黑澤先生說，他一定會反對，還會叫我們別插手。」

「我想也是。」

「所以我們搭計程車去吧，反正我們已經知道目的地了。」今村指著地圖上所寫的地址。

「你知道得花多少計程車費嗎？」

「沒問題的，這次我們接受黑澤先生的請託，而且很賣力，所以這筆小錢他應該肯付。」今村完全忘了這場騷動的開端之一，就是因為他的疏失所引起，而中村也不是個深思熟慮的人，所以他很乾脆地接受了今村的說法。「說得也是。既然這樣，得趕在黑澤到來之前先走才行。」就此加快腳步。

而現場的警察相關人員以及媒體，當然都將目光焦點放在事件現場上，所以沒人留意正準備離開現場的中村他們。

不，有一個人例外。

此人目光投向他們，他是夏之目。

起初中村他們就只是進入夏之目的視線範圍內，但後來兩人撿起地上的紙凝望良久，此舉令夏之目感到在意。

其他機動隊員不是聚在發生挾持事件的那戶住家附近，就是在機動隊車輛的附近待命。這兩人朝現場的反方向走去，感覺很不自然。

夏之目朝他們走近，想問清楚他們在做什麼，但這時他們已轉身準備離去。

路上聚滿了看熱鬧的人群，搜查員正在整理相關事證。原來如此，這兩人是去協助他們整理相關事證，正當他以為真相大白時，他們竟然走進圍觀人群中，往前方離去。

夏之目快步追向前。這時，他還沒真正感到懷疑。這起挾持事件雖然稱不上圓滿落幕，但好歹已經解決，沒必要再去懷疑事件的背後真相和真正的犯人。

不過，他撥開人群，沒看到他們兩人，他小跑步繞過轉角後，發現身穿機動隊員制服的中村和今村正坐進計程車，這時他也開始覺得不對勁。

兩人將機動隊員用的防暴盾牌放進計程車的後車廂裡，就這樣戴著頭盔坐上車。

太可疑了。

事件還在處理中，機動隊員竟然坐上計程車？肯定有人下達指示。

是要趕往下一個事件現場嗎？下一個事件現場在哪兒？就像偷偷蹺課，擅自早退的不良少年一樣嗎？這單純只是兩名自我約束力差的機動隊員，可以這樣看待嗎？

腦中感到混亂的夏之目，在原地思索了半晌，但他心想，不管怎樣，都得先回到現場指揮調度才行，就此轉身離去。關於剛才那輛計程車，只要派人加以調查即可。夏之目取出手機，想聯絡春日部代理課長，但有事打斷了他。
「不好意思，我有急事相求。」
眼前站著一名男子，在他正準備操作手機時，一把抓住他的手。
他為之一驚，望向前方，眼前站著折尾折尾，不，是戴著眼鏡的黑澤。
「哦，是折尾先生啊，怎麼了嗎？」夏之目因為手臂被人抓住，頓時像刺蝟豎起尖針般，起了戒心。
「請不要跟任何人聯絡，我希望你能和我一起追剛才那輛計程車。」
「折尾先生，這是怎麼回事？那兩名機動隊員是怎樣？」
「我之後會說明，現在沒時間了。我有車，可以和我一起去嗎？」
「我怎麼可能跟你一起去，我得回現場才行。」
「這關係著人命。」黑澤一如平時，面無表情，由於他之前為了模仿折尾折尾，一直都用客氣的用語說話，所以這時看起來反倒顯得一臉認真。
「人命？」夏之目繃緊神經。「這樣的話，就更不能等閒視之了。」得馬上聯絡搜查員才行，他這句話正說到一半。
「事情傳開就糟了，而且時間緊迫，請您現在就和我一起去。」黑澤指著停在路旁的車。「詳情我在車上會說明，警方內部或許有犯人的內應。」

黑澤幾分鐘前才剛把車停在路邊。原本是安排好要和中村他們會合，但這時突然有電話打來。

他望向手機，上頭出現未顯示來電。

這支手機在交到黑澤手中之前，歷經許多步驟，或許該在此先說明一番。

在白兔作戰中，一開始當然是由兔田持有這支手機。雖然他人在勇介家，但要是稻葉打電話來，就得馬上回應。不過，最後假扮成折尾折尾的黑澤，得將這支手機拿到警方面前，請他們「調查這個發話來源」，所以手機勢必得在黑澤手中才行。

「要在什麼時機下，用什麼方式交給你？」在討論時，兔田如此詢問，黑澤冷冷地回了一句：「為何什麼事都問我？」事實上，他自己也沒答案，正苦惱著該如何是好，但這時勇介的母親再度給了提示。「連續劇裡，挾持犯不是都會要求刑警帶這個過來、帶那個過來嗎？例如食物之類的。」

「原來如此。要利用這個是吧。」

「怎麼做？」

「要求警方帶食物過來。當然了，如果只是那樣，沒有意義。如果可以，我想利用這間屋子。」

「這間屋子？」勇介納悶不解。

「沒錯。發生挾持事件的地點是隔壁，既然這樣，如果犯人要求『從鄰居家丟過來』如何？從隔壁那戶人家來看，他們的鄰居就是這裡了。沒錯吧？也就是說，警方為了投遞食物，會來到這裡。如果提出把折尾折尾帶過來的要求，假扮折尾折尾的我就會來到這裡。」

「從這裡往隔壁丟東西？你是說真的嗎？簡直就像投籃一樣。」

「或許會顯得很不自然，不過就挾持犯來看，這是處在一方面想要食物，一方面又對警方有所忌憚的狀況下，會想避免警方直接運到附近來。採拋投的方式，是個不錯的要求，而且這麼一來，到時候你也就能從這戶人家離開了。」黑澤視線望向兔田。

「我？」

「只要犯人下達指示，警方就會到這棟屋子來。他們不能擅自使用別人家中的用地。到時候應該會對你說『犯人要求我們從這裡拋投食物』，請求你的協助。到時候你只要以這屋子的住戶身分，假裝來不及逃難，就這樣離開就行了。」

「那手機怎麼辦？」

「你離開這房子時，事先擱在庭院的某處。之後我們再來決定放置的場所，總之，我會找機會過去撿起來。」

「之後是由你來接電話嗎？」

「我會盡量不穿幫。」

不清楚稻葉會在什麼時機下搜尋兔田的位置資訊，不過要是黑澤拿著手機和警方一起行動，位置資訊多少會有變化。稻葉會當作是誤差範圍，還是認為兔田有所行動，這只能猜測，但不管怎樣，稻葉都很可能會打電話來詢問是否發生了什麼事。

這麼一來，很快就會有機會進行反向探測。

事實上，將裝有飯糰的袋子丟進陽台後，在警車內待沒多久，便來了一通未顯示來電。黑澤沒接，而是朗聲對夏之目說道：「請告訴我這通電話發話來源的所在地！」

而現在黑澤望著自己手中的手機，上頭顯示有人來電，他在考慮該不該接。這肯定是稻葉打來的電話，

因為已完成反向探測，所以大可放著不管，不過，現在要是讓對方起疑，那可不好，考量到這點，最後他按下通話鈕。

「喂，你現在人在哪兒。剛才為什麼沒接？現在情況怎樣，快點報告。」稻葉說。

之前提過的倉庫場面中，稻葉就是在這時候講電話。

「聽好了，在這十分鐘內好好想辦法。否則這個女人……」當稻葉說這句話時，黑澤不自主地回了一句「會化為星星」，稻葉就此起疑，此事前面已曾提及，不過黑澤當然無從得知，他回了一句：「我明白了，十分鐘後對吧。稻葉先生，我會在那之前找出折尾折尾。」就此掛斷電話。之所以半強制地結束通話，是因為他看到中村他們，而且他們正準備坐上計程車。

應該是我開車接他們才對，難道他們誤以為是那輛計程車？

不至於吧。

那兩人不遵守說好的內容，或是無法如實遵守，已不是第一次了，但是連這麼簡單的步驟也不能遵守，令黑澤無比傻眼，簡直到了佩服的地步。

他看見坐進計程車內的今村手中握著地圖，頓時便猜出他們打算前往何處。

應該是抱著遊山玩水的心態，要到兔田前往的地方確認狀況吧。

以那副裝扮坐計程車，真同情那名司機，就隨你們去吧。黑澤原本這麼想，但這時夏之目的身影映入眼中。

夏之目顯然對中村他們的行徑感到懷疑，一看就知道他拿出手機，是想跟隊員聯絡。這時候中村他們要是被鎖定，那可就麻煩了。他腦中浮現計程車被警車包圍，兩人被拘捕的畫面。他想避免這種情形發生，最重要的是，他才剛覺得自己好不容易從這件麻煩事中解脫，實在不想再惹事了。原本理應和自己無關的事，卻這樣糾纏不清，再也沒有比這更令黑澤受不了的事了。

黑澤悄悄跑到夏之目課長身旁，一把抓住他的手，隨口胡謅，說這件事關係著人命，請他暗中協助。

後來黑澤才發現，其實還有其他更簡單的選擇，大可不必這麼做。只要打電話跟中村他們說：「警察在追你們，快點逃。」不就沒事了嗎？

黑澤這次實在欠缺冷靜，總之，現在也只能繼續演這齣戲了。

「拜託，請跟我一起來。」黑澤又說了一遍，說服夏之目上車。當然了，夏之目也對此感到懷疑，如果他擺出「這傢伙到底有什麼企圖」的態度前來，或是他堅持「我身為事件現場的負責人，不能離開現場」，黑澤也不打算勉強。他準備找個理由搪塞，迅速離去。中村他們的事就不管了，讓他們自生自滅吧。

不過，可能是「關係著人命」這句話，以及「警方內部或許有犯人的內應，所以你聯絡的話可就傷腦筋了，尤其這關係著人命」這句說明奏效，夏之目雖然面露狐疑之色，但還是坐上了前座。

「要去哪兒？」

黑澤沒回答，就只是朝導航設定地址。之前將目的地的地址傳給兔田的那封郵件，還留在手機裡。

「目的地在哪裡？」

黑澤一樣沒回答，就此駕車前行。

他踩著油門，對於開車載著一名警察感到既新鮮又緊張。腦中不自主地浮現他在開車加速時，對方突然從旁將他銬上手銬的畫面。黑澤心想，這是很寶貴的經驗，會是日後可以向人吹噓的一段小插曲，不過他就是想像不出自己向人說這件事的模樣。

「喂，你也該告訴我了吧，是誰有危險？」來到宮城野區的寬敞縣道後，夏之目問道。

「某人。」

「我當然知道是某人，這個人是誰？」

「剛才我說過。」又得開始用不習慣的客氣口吻說話，令黑澤覺得很痛苦。

「那起挾持事件背後，有一個集團，集團裡的成員或許監禁了某人。」
「坐上計程車的那兩人又是誰？」
那是魯莽二人組——黑澤很想這麼說。無法好好照別人的吩咐做事的二人組。
「大概是集團的成員吧。」
「你的意思是，他們假扮成機動隊員，全程觀看那起挾持事件嗎？」
黑澤心想，也可以這麼說。「也許他們是在現場附近，向同伴通報現場的狀況，以那身裝扮混在裡頭。」
「所以他們現在正準備前去與同伴會合。」
「很有可能。」
「你帶我過去，打算怎麼做？」
不知道——黑澤差點很坦白地回應。
「還有，」夏之目接著問。「為什麼你認為我沒問題？」
「你說沒問題，指的是……」
「你剛才不是說警方裡頭有集團的內應嗎？如果我就是那位內應，你打算怎麼辦？」
「你是內應嗎？」

「不是。」

「那不就好了嗎？」

夏之目可能是因為這樣而心情轉為平靜，深深吁了口氣。「沒有哪個內應會因為對方問一句『你是內應嗎』，而回答『沒錯，我就是』吧？」

「說得也是。」以不習慣的口吻和警方對話，果然一點都不輕鬆。不小心坐上了船，卻遲遲找不到下船的時機。

「這一路還真是空蕩蕩呢。」夏之目說。的確，路上幾乎沒有行車，交通號誌也都亮著綠燈。夏之目已不再向黑澤質問。也許他連自己是ＳＩＴ負責人也忘了。他凝視窗外的眼神，給人這種感覺。

人們常說，眼睛就像嘴巴一樣能說明一切，是內心的代言人，而事實上，此時的夏之目確實已完全忘了ＳＩＴ。

等距排列的路燈，照耀著冷色調的幽暗車道，但光線微弱，車道上的白線就像會無限綿延般，筆直地一路往前延伸。可能是因為一直都安靜無聲地行駛在單調的直線道路上，坐在前座的夏之目眼神開始變得茫然。一隻全身披著暗夜的大手，將車子緊緊攫獲。

到底要一路開往哪裡呢？

也許永遠不會停止，就這樣一路駛向人生終點。夏之目自行做出這樣的想像後，覺得這樣也不錯。

「爸。」

夏之目因這個聲音而醒來，這才發現自己睡著了。在駕駛座上手握方向盤的，不是折尾折尾，而是女兒愛華。「爸，好久不見了。你很累對吧？」

是從什麼時候起，她又能開車了？

當然了，已故的女兒不可能出現在他面前，所以這不過是他在睡眠中看到的光景，不過夏之目面帶微笑。後座坐著妻子。

自從妻子和女兒喪命後，她們兩人常出現夢中。幾乎每天都會報到，大多是一些淒慘的場面。自從殺了那名騙子占卜師後，眼前總會浮現可怕的場面，於是他都盡可能不睡覺。相較之下，此刻出現在車內的妻女們，神色顯得平靜多了。雖然現在是暗夜，眼前卻是伴隨著亮光的場面。

「因為他還是一樣認真工作啊。」妻子在後面說道，而坐在駕駛座上的愛華也笑著應道：「因為他重視工作，更勝過我們。」

怎麼可能嘛，夏之目小聲應道。我要是不工作，就會滿腦子都想著妳們，肝腸寸斷。「我好想拋下一切，去到妳們身邊。」他不小心說出自己的心聲。

不行哦，愛華說。她沒望向擋風玻璃，而是兩眼正視一旁的夏之目。她笑著說，我這還是第一次這麼仔細看著爸爸你呢。

夏之目並未發現自己在哭，他因為破音而無法好好發聲，只能像打嗝一樣頻頻吐氣。

「爸，和星星的一生相比，我們人的一生就只是短短的一瞬間。」

好，我出生了。好，經歷了許多事。好，我死了。他想起以前愛華說過的這句話。

「儘管如此，這仍是很寶貴的時間。以前我要是說了什麼，你總會生氣地罵道，和別人家比，一點意義也沒有，我們是我們，別人是別人。與星星的一生相比，更是沒有意義。」

雖然不懂女兒想表達的是什麼，不過夏之目頻頻點頭稱是。

「我覺得尚萬強很了不起。」女兒聊到了那部小說。「當有人被誤當作他而遭逮捕時，他要是裝不知道就不會有事，但他卻為此深感苦惱。心想，那個男人是冤枉的，該怎麼辦才好？雖然他曾說服自己，這是神明所要的結果，我沒必要刻意出面澄清，但最後幾經苦思，他還是前往法院。這時，他遲遲找不到交通工具，最後好不容易坐上馬車，卻還是一樣很難趕上時間，好不容易抵達，法院卻又擠滿了人，不得其門而入。」

「這什麼意思？」

「那就沒辦法了，放棄的藉口多的是。能做的都做了，但還是無法抵達，像這樣的藉口要多少有多少。然而，尚萬強最後還是走進法院，清楚地說出一切。我就是尚萬強，那個男人不是我！」

女兒就像在聊自己的偶像般，夏之目聽著她說話的聲音，發出呻吟。

「你沒事吧。」

突然傳來男人的聲音，夏之目坐起身。剛才愛華所在的駕駛座，此刻是假冒折尾折尾的黑澤在開車。

「你作夢呻吟呢。」

「哦，是嗎？」

「作噩夢嗎？」

折尾是這種說話語氣嗎？夏之目覺得有點不太對。難道我還在作夢？可能也是因為這樣，他突然稍稍為自己緊縛的內心鬆綁，像在跟朋友問話般說道：「你喜歡獵戶座對吧。」

「嗯。」黑澤面露苦笑。「因為是情勢使然。」

「情勢使然？」算了，夏之目不以為意。「你知道嗎？比大海更壯闊的風景是天空，而比天空更壯闊的風景是什麼？」

黑澤馬上應道「如果是這個，我知道哦」。

「你知道啊。」

「我也看過那本書，因為那是小偷的故事。」

這跟小偷的故事有什麼關聯嗎？「雖然我沒讀過，不過裡頭有沒有不錯的文句？」

黑澤沉默片刻，持續駕車前行，不久才開口道：「裡頭有一句話寫道，罪就像引力。」

「罪像引力？這什麼意思？」

「生活在地上的每個人，都擺脫不了罪。無法讓一切的罪歸於無。只要活著，任誰都有罪。或許就是這個意思吧。不可能有完全無罪的人。」

「不可能有完全無罪的人。」夏之目在意識到這句話的含意前，先複誦了一遍。

「沒錯，所以書上寫到，要以盡可能減少自己的罪為目標。堅稱自己完全沒犯過罪的人，反而才是在說謊。」黑澤如此說道，不過他只是憑藉依稀的記憶，再以自己的方式加以歸納，所以請不要以為他是引用原文。「會迷惘、怠惰、犯罪，這都無妨，但要當一個剛正的人。當中有個場面，主教曾說過這句話。」

「剛正的人，是什麼意思？」

「別問我。不過，追捕尚萬強的警探不就是對何謂剛正感到苦惱嗎？因為他一直在追捕主角，所以大家會覺得他是個討厭的傢伙，但他並不是壞人。他只是以他自己的方式遵守法律，守護這個社會。」

「你說他是警探，那不就是我的同業嗎？」

黑澤之所以斜眼瞄了夏之目一眼，是因為他突然覺得自己成了和賈維爾警探並肩而坐的尚萬強。

「警探說過，溫柔其實很容易辦到，真正難的是剛正。」

我果然又在作奇怪的夢了，夏之目這次朝眼皮用力，想要醒來，甚至準備伸手揉眼睛，但這時黑澤停下車。「到了，你跟我來吧。」

「到底是怎麼回事？」

這時黑澤才開口說道：「其實我說了點謊。不過，倉庫裡有幾名歹徒，這應該不會有錯。我認為，能擺平這件事的就只有警方了。也就是你，夏之目先生。」

因為就只有黑澤單方面說個沒完，夏之目開始板起臉孔，但可能是剛才看到妻女的事還留在心頭，因此也就不想太過和黑澤計較。很久以前，女兒愛華對他說過的話，此時他突然很想對黑澤說。「算了，你應該是有情非得已的苦衷，非得說這種謊不可對吧？」

說完這句話後，他邁步向前。

接下來的事不難想像，所以我希望盡可能簡潔描述即可。當黑澤與夏之目靠近倉庫時，正好接連傳出槍響。一身機動隊員裝備的中村和今村剛走進倉庫內。

夏之目可能是身為警察的使命感就此燃起，他轉為嚴肅的神情，對黑澤說：「你離遠一點。」發生這樣的大騷動，非得呼叫支援部隊前來不可。他開始撥打電話，而黑澤也沒加以攔阻。

夏之目往倉庫內窺望，裡頭一陣慌亂。機動隊員裝扮的兩人各自壓制住一名男子，就像是要靠盾牌的重量將對方壓垮似的。

到底發生了什麼事？是同伴起內鬨嗎？夏之目納悶地衝進裡頭，朗聲大喊：「我是宮城縣警。」警方已將倉庫四周團團包圍，不要做無謂的抵抗。他如此大喊，心中祈求能騙過對方。

後來他才看到左側有名女子，可能是雙腳受縛，模樣難看地朝他爬過來。那死命想要逃離的模樣，看了令人著實不忍。

夏之目正準備朝她衝去時，看到她背後站了個人。似乎有傷在身，步履踉蹌，雙手持槍對準女子。

夏之目也沒細想，就已展開行動。他一掏出槍，馬上毫不猶豫地開火。對於射擊，他稱不上拿手，但這時他有自信不會射偏。而事實上，在他開火的瞬間，看起來似乎射偏了，但夏之目看到這時愛華和妻子突然現身吹了口氣，將子彈吹回正確的方向。

他朝那名發出慘叫、就此倒地的男子奔去，此人當然是稻葉，不過稻葉摀著耳朵，痛苦地掙扎。他一面大聲咒罵，一面翻滾。大腿也血流不止。是剛才從他身邊離開的女子，也就是綿子開槍所擊中，夏之目迅速看出這點，撿起地上的槍。

請盡可能不要讓這名女子捲進不必要的麻煩中，就當作是爸爸你開的槍，好嗎？

夏之目懷疑是否真的聽到女兒說的這番話，不過他拿起手槍，清楚地在上頭留下指紋，這是事實。

稻葉依舊在地上鬼叫。他因痛苦而呻吟，同時也在宣洩自己的怒火。這名舉止倨傲，對綿子動用暴力的可惡男人，就只受到這樣的教訓嗎？或許有人對此感到不滿。這點請不用擔心，雖然在此沒有詳細描述，不過之後稻葉進了監獄，落得一個極為難堪的死法。

夏之目朝吵鬧不休的稻葉銬上手銬，之後將一身機動隊員裝扮的中村和今村所壓制的兩名男子也一同捆綁。

當他環視四周，看還有沒有其他餘黨時，發現那名女子動作像尺蠖般朝麻袋爬去。夏之目快步奔去，打開麻袋，發現裡頭有名男子，大吃一驚。急忙將人拉出後，原來是一名被黏性膠帶纏住手腳的男子。

孝則！孝則！受縛的女子靠向他，就像要壓在他身上一樣。仔細一看，女子臉部嚴重腫脹，令人不忍卒睹，夏之目又是為之一驚，但感覺得到兩人重逢的喜悅。

接下來就只能等支援部隊前來了，當他正準備讓捆綁的男子們集中在一起時，這才想到折尾不知跑哪兒去了，回身而望。

黑澤站在倉庫入口附近，將藏在衣服裡的東西拋進倉庫內。那模樣像手榴彈的東西開始噴出紅煙，接著黑澤又拋出第二顆、第三顆。從勇介家二樓，他父親的陳列架中借來的生存遊戲道具派上了用場。

夏之目面對逐漸盈滿整個倉庫的紅色煙霧，呆立原地，這時黑澤混在煙霧中奔向中村和今村。「把東西放下，」叫他們拋下手中的防護盾牌，拉著他們走出倉庫外。「這種東西日後再買就行了。」

原來是黑澤啊。中村對於黑澤尾隨而來一事感到驚訝，但同時也在心中暗忖，如果是黑澤，確實會這麼做，接著他應道「事先買了正牌的防護盾牌，真是買對了」。

倉庫內開始瀰漫著紅煙。

如果這是有毒氣體，我已經來不及逃了，正當夏之目做好心理準備時，某處傳來一個聲音說道：「夏之目先生，附帶一提，這煙是無害的。」

夏之目被擴散的濃密紅煙包覆全身，感覺就像是要讓這濃煙吸走他內心的汙穢，卸下他滿是結痂的精神盔甲般。

就像腳下有一朵值得摘取的鮮花，天花板上有女兒的面容以及可以伸手遙指的星星般。

白兔事件發生後過了三個月，黑澤在仙台市的泉中央站走出地鐵。「白兔事件發生後三個月」這個說法或許有誤，因為白兔事件可說是仍持續進行中。話雖如此，如同我先前一再提到，在仙台市的那間獨棟房子內發生的挾持事件，世上原本就沒人稱之為白兔事件，所以這些瑣事也就別太在意了。

挾持事件令世人思緒一片混亂。

犯人跳樓，事件就此落幕！起初警方相關人員就不用說了，連看電視新聞的一般百姓也都這麼認為，但從中查出的事證卻充滿了解不開的謎團。

後來查出，理應從三樓窗戶墜樓而死的犯人（正確來說，是「被認為是犯人的男人」），其實早在數小時前便已喪命，到處都找不到這起挾持事件的人質。而且同一天，在仙台港的倉庫裡，發生了一起槍暴衝突事件。現場發現一名被監禁的女子及其丈夫，根據其丈夫兔田的供述得知，倉庫裡的這幾名男子，是以綁架為業的集團成員，後來連帶將人在東京的其他成員也一併逮捕。別說真相大白了，情況甚至變得更加複雜，警方就不用說了，連媒體也感到不安。不，沒問題的，根據在港口逮捕的那群人所做的供詞，一定可以看清真相——儘管抱持這樣的期待，但綁架集團的人堅稱挾持事件是兔田所為，但兔田說他並未挾持人質，極力否認，所以這條探究真相之路，開始蒙上重重暗雲。而事實上，從發生挾持事件的屋子裡並未驗出兔田的指紋，而且也能斷定和警方講電話的聲音不是兔田。甚至連發生挾持事件的這戶人家本身也是諸多謎團，不僅查不出屋子的持有人，當初他在取得屋子產權時，也可能使用假名。

非但暗雲密布，甚至還傳來了雷聲。

當然了，也並非一切都渾沌不明，還是查出了一些事項。

那具從二樓墜樓的屍體，是自稱折尾豐的諮詢師，與綁架集團有關係。而折尾豐之所以喪命，是因為在泉區的道路上和某個年輕人爭吵，就此倒臥地上，那名年輕人很快便前來自首。得知是年輕人和他母親因折尾豐的死，一時心生慌亂，把屍體帶回家中，而他們家就位在挾持事件的隔壁，所以搜查員認為這之間有所關聯，一定可以破案，發出興奮的歡呼，就像居於劣勢的球隊突然從選手休息區大吼大叫一樣，這也是理所當然。不過，屍體是如何從他們家移往隔壁，這對母子卻給不出答案。

他們說，或許是他們不在家的時候，屍體被人搬走。當然了，任誰都會猜想是這對母子自己搬運，但苦無任何證據，而面對他們：「為什麼我們要大費周章地這麼做？」的反問，沒人答得出來。

到最後，只能做出「挾持犯可能是因為某個原因，而從這對母子家中帶走屍體」的回答，聽起來煞有其事，但完全不清楚具體情形為何，並留下「事件當天，警方趕到時出現的那名男子到底是何人？」的這個謎團。

一名自稱是折尾豐的男子協助警方辦案，但至今完全不清楚此人的來歷，也沒留下任何指紋。雖然有挾持犯傳來的照片，但看起來不太清楚，想必是喬裝後的模樣，眾人都不認為這能充當線索。

這麼一來，戰況或許會變得詭譎難料。正當休息區的球員們開始士氣低落時，一個令警方意想不到的大炸彈突然爆發，這起白兔事件已不像是一起事件，反倒像是無法具體說出犯人姓名的一場天災。

「後來若葉一直跟我嘮叨，說我都不知道她有多賣力。」黑澤原本人在仙台車站東門出口的釣魚池，當時坐他身旁的中村，以不知如何是好的口吻對他說道。「講得好像我和今村就只是待在那間屋子裡，什麼也沒做似的。黑澤，你也幫我說句話嘛，說說我們的表現有多活躍。和警方交涉也很折騰人呢，演戲還真難。」

黑澤沒答腔，就只是靜靜望著釣竿前方。

「對了，黑澤，那位父親後來怎樣？」

「那位父親？」

「就是那位愛蒐集生存遊戲道具的父親啊，那名極權暴君。」

勇介和他母親與折尾豐的死有關聯，而且原本還想藏匿屍體。因為是一起複雜的案件，所以警方不會輕易放人，不過勇介並非故意殺害對方，而他母親也是出於愛子心切，因此黑澤研判，只要法官在判決時沒有先入為主的觀念，應該不會判重罪。當然，就算被處以重罪，也和黑澤無關，不過，之前他們最後一次面對面交談時，那位母親說：「雖然闖下了大禍，但我終於下定決心了。」她的神情令黑澤印象深刻。「什麼決心？」黑澤問。「我要從頭來過，畢竟人生只有一回。」母親回答道。她要怎麼說，是她的自由，不過她還問了一句：「能從頭來過嗎？」令黑澤大吃一驚。妳以為我知道答案嗎？黑澤很想這麼說，但他嫌麻煩，就只是回了一句：「應該沒問題吧。」

遇見主教的尚萬強，日後度過波瀾萬丈的人生。而他與主教的相遇，幾乎可說是出現在這部長篇小說的一開頭，往後的日子還長著呢。有個傢伙花了五年的時間才看完整部小說，也許黑澤做了這樣的說明。

「那名父親應該是很傷腦筋吧？愈是公開發言，愈是惹人嫌。」由於家人被捕，大批媒體前來向勇介的父親採訪。他強硬的個性替他惹禍上身，只見他不斷傲慢地大放厥詞，結果反而引來大眾對勇介和他母親的同情。

「都開始搞不清楚到底誰對誰錯了。」

「人類的歷史不是向來都這樣嗎？」

「我哪知道啊。」中村笑道，接著他補上一句：「不過黑澤，你真的打算離開仙台嗎？」可能是浮標沉入水中的緣故，黑澤用力拉起釣竿，但魚餌沒了，卻沒有鯉魚上鉤。

那天晚上，在倉卒間做出的判斷下，黑澤開車載著夏之目，一路從「North town」前往仙台港，與他對話。雖然略有喬裝，但也只是戴上眼鏡，儘管當時成功逃脫，但日後要是在某處遇上，很可能會被認出，而對他說一句：「你就是當時的那個人。」他想避開危險。至少也要離開宮城縣警的管轄區比較保險，他已做好決定，是時候該換地方另謀生路了。

但這時如前所述，爆發了連警方也意想不到的狀況。

那就是……夏之目供出自己犯過殺人案，遭到逮捕。

圍繞著白兔事件的種種複雜狀況，在這時達到顛峰，警方和媒體都為之傷透腦筋，不知要如何處理此事。

「夏之目沒說出你的事吧？」
「好像沒有。」夏之目是如何解救被監禁在仙台港倉庫的綿子，為何會前往該處，他似乎一概沒提，警方也不知該怎麼辦才好。
「夏之目為何不說？」
「也許他現在的狀態，必須做精神鑑定。」
「也許？」
「可能他變得像賈維爾一樣，相信法律即是一切。」
「賈維爾是誰啊？」
「或許夏之目以他自己的方式，維護他心中的剛正。」
「不過，仔細想想，你有必要奉陪到那個地步嗎？」
「你指的是什麼？」
「既然離開了那棟屋子，你大可就那樣逃走吧？沒必要刻意靠近警方，演出這麼危險的一齣戲。你大可拋下兔田不管，就此離去。」
「嗯，我原本也這麼想。」
「可是你卻大費周章地幫他這個忙，一點都不像你的作風。你不覺得嗎？」
「我也這麼覺得。」黑澤以幾乎不帶情感的聲音說道，手執釣竿，靜止不動。其實他也不懂自己為何要這麼辛苦地演這齣戲，對兔田伸出援手。可以確定的是，他並不是對兔田和他妻子感到同情。「也許是對綁架人質的傢伙感到生氣吧。」

「正義感嗎？」

「明明壞事做盡，自己卻躲在安全的地方，有這種人存在，不是很傷腦筋嗎？打破整個集團的規則，卻還臉不紅氣不喘。」

「是告訴候鳥什麼時節該遷移的人教你的嗎？」

黑澤沒答腔，起身收竿，傳來釣中鯉魚的手感，水花飛濺，被釣離水面的鯉魚用力彈跳。一旁的中村嘆息道：「噢，真可憐，你對魚做這種事，不覺得難過嗎？」但黑澤置若罔聞。中村接著道：「話說回來，你假扮折尾，第一次在電話中說：『請問您是哪位？』那時候實在很好笑，我好不容易才忍住不笑。」但黑澤一樣沒任何反應。

他就只是默默從鯉魚口中取下釣鉤。

走出驗票口的黑澤，為了偵探這項副業，前來這裡調查人們的行動，順道來到車站內的一家店面前。

報紙的斗大標題映入眼中。可能是指夏之目的事，報上大篇幅報導警察相關人員犯下殺人案一事。

黑澤想起在走進倉庫前，夏之目曾說過一句話。「你應該是有情非得已的苦衷。」在說完這句話後，他就像在說給自己聽似的，低語一聲：「經歷了許多事對吧。」

好，我出生了。好，我死了。這中間還經歷了許多事呢，爸。

也許當時夏之目聽到了那個聲音，不過黑澤當然無從得知。

黑澤買了份報紙，把錢遞給店員。

就在這時，另一名女性店員走來喚道：「綿子，該換班了。」

找零給黑澤的店員應道：「啊，是。」

黑澤覺得這名字有點耳熟，就此抬頭望向店員。難得故事已來到尾聲，感覺這時黑澤對她說一聲：「妳在等兔田嗎？」似乎也不錯，但他當然不會這麼做，這個故事就此落幕。

後記

過去我寫過幾個人質挾持事件，所以想朝這方面寫一個決定版的故事，就此著手寫稿，但我一開始明明構思的是硬派犯罪小說、警察與犯人之間緊張的攻防戰，卻怎麼也寫不出這種感覺。這個不行，那個不對，想著想著，感覺變成我喜歡的電影《終極人質》、《終極警探》、《王牌對王牌》的混合體，成了我個人風格的《終極人質》。

我感到很不安，不確定自己是否能順利寫出此書，過程恐怕不會那麼順利，但最後還是完成了，我就此鬆了口氣。

關於挾持事件，有些部分是我參考過去實際發生過的新聞事件，以及退休警察的故事，以此加工而成。不過小說本身是虛構的故事，各位如果能當它是個非現實故事，好好享受它的樂趣，那將是我最大的榮幸。

故事中引用的《悲慘世界》，是根據筑摩文庫版西永良成先生的譯本。

【參考引用文獻】

●《獵戶座已經消失？》縣秀彥著／「小學館101新書」系列

□集滿4個印花贈品（二款任選其一）：

A：【推理謎】LOGO皮質燙銀典藏書套一個
（黑色，25開本適用，限量1000個）

B：【推理謎】吉祥物『獨角獸』圖案皮質燙金典藏書套一個
（咖啡色，25開本適用，限量1000個）

□集滿8個印花贈品（二款任選其一）：

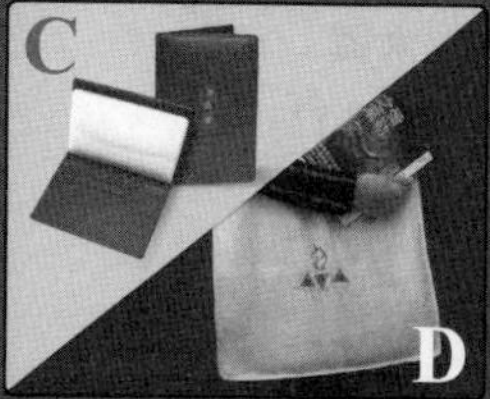

C：【推理謎】LOGO皮質燙金證件名片夾一個
（紅色，11.5cm x 8.6cm，限量500個）

D：【推理謎】吉祥物『獨角獸』圖案環保購物袋一個
（米色，不織布材質，41.5cm x 38.6cm，限量1000個）

□集滿12個印花贈品（二款任選其一）：

E：【推理謎】LOGO不鏽鋼繩鑰匙圈一個
（限量500個）

F：【推理謎】吉祥物『獨角獸』圖案馬克杯一個
（白色，320cc容量，限量500個）

謎人俱樂部會不定期推出最新限量贈品提供兌換，請密切注意活動官網和粉絲專頁。

【注意事項】
◎本活動僅限台灣地區讀者參加。
◎贈品兌換期限自即日起至2019年12月31日止（以郵戳為憑）。
◎贈品圖片僅供參考，所有贈品應以實物為準。
◎所有贈品數量有限，送完為止。如讀者欲兌換的贈品已送完，皇冠文化集團有權直接改換其他贈品，不另徵求同意和通知。贈品存量將定期在【謎人俱樂部】活動官網上公佈，請讀者在兌換前先行查閱或直接致電：（02）27168888分機114、303讀者服務部確認。
◎皇冠文化集團保留修改或取消謎人俱樂部活動辦法的權利。辦法如有更動，將隨時在【謎人俱樂部】活動官網上公佈。

國家圖書館出版品預行編目資料

白兔 / 伊坂幸太郎著；高詹燦譯. -- 初版. -- 臺北市
：皇冠, 2018.10　面；公分. --（皇冠叢書；第4718
種)(大賞；105）

譯自：ホワイトラビット
ISBN 978-957-33-3400-2（平裝）

861.57　　107014876

皇冠叢書第4718種
大賞｜105

白兔

ホワイトラビット

作　　者—伊坂幸太郎
譯　　者—高詹燦
發 行 人—平雲
出版發行—皇冠文化出版有限公司
台北市敦化北路120巷50號
電話◎02-27168888
郵撥帳號◎15261516號
皇冠出版社(香港)有限公司
香港上環文咸東街50號寶恒商業中心
23樓2301-3室
電話◎2529-1778　傳真◎2527-0904
總 編 輯—龔橞甄
責任主編—許婷婷
責任編輯—蔡維鋼
美術設計—王瓊瑤
著作完成日期—2017年
初版一刷日期—2018年10月

法律顧問—王惠光律師

讀者服務傳真專線◎02-27150507
電腦編號◎506105
ISBN◎978-957-33-3400-2
Printed in Taiwan
本書定價◎新台幣350元/港幣117元

謎人俱樂部贈品兌換卡

我要選擇以下贈品（須符合印花數量）：☐A ☐B ☐C ☐D ☐E ☐F

1	2	3	4
5	6	7	8
9	10	11	12

【個人資料蒐集、利用及處理同意條款】

您所填寫的個人資料，依個人資料保護法之規定，皇冠文化集團將對您的個人資料予以保密，並採取必要之安全措施以免資料外洩。您對於您的個人資料可隨時查詢、補充、更正，並得要求將您的個人資料刪除或停止使用。

本人同意皇冠文化集團得使用以下本人之個人資料建立該集團旗下各事業單位之讀者資料庫，做為寄送出版或活動相關資訊、相關廣告，以及與本人連繫之用。本人並同意皇冠文化集團可依據本人之個人資料做成讀者統計資料，在不涉及揭露本人之個人資料下，皇冠文化集團可就該統計資料進行合法地使用以及公布。

☐同意　☐不同意

我的基本資料

姓名：＿＿＿＿＿＿＿＿

出生：＿＿＿＿年＿＿＿＿月＿＿＿＿日　性別：☐男 ☐女

職業：☐學生 ☐軍公教 ☐工 ☐商 ☐服務業

☐家管 ☐自由業 ☐其他＿＿＿＿＿＿＿＿

地址：☐☐☐☐☐＿＿＿＿＿＿＿＿

電話：（家）＿＿＿＿＿＿＿＿（公司）＿＿＿＿＿＿＿＿

手機：＿＿＿＿＿＿＿＿

e-mail：＿＿＿＿＿＿＿＿

我對【白兔】的建議：

寄件人：

地址：□□□□□

北區郵政管理局登
記證北台字1648號
免 貼 郵 票

〔限國內讀者使用〕

10547
台北市敦化北路120巷50號
皇冠文化出版有限公司 收